오늘이라는 차에

> 당신의 바다는
> 삶을 받아쓰는 당신을 응원합니다.

**책 제목** 오늘이라는 차에
2025년 9월 30일 1판 1쇄 펴냄

**글쓴이** 박서린
**펴낸이** 김민섭
**펴낸곳** 당신의바다

**출판등록**
**주소** 강원특별자치도 강릉시 강릉대로 217 3층
**이메일** xmasnight@daum.net

ISBN 979-11-93847-42-8 (02810)

**만든 사람들**
**편집** 이유나   **디자인** 김현아

오늘도 커튼 사이로 눈이 아플 정도로 빛나는 햇빛이 들어온다. 아침 준비로 분주한 옆집 소리를 들으며
 '이제 일어나야겠네.'

  봄이어도 아직 싸늘한 날씨 탓에 따듯한 침대에서 일어나려니 몸이 침대에서 떨어지지 않으려 한다. 어떻게든 힘든 몸을 끌고 나와 아무도 없는 집에서 혼자 밥을 먹고 학교 갈 준비를 하며 겉옷을 입는다. 현관을 여니 복도 문이 열려있어 그런지 생각보다 많이 싸늘하다. 움츠러든 몸으로 엘리베이터를 타고 한 층씩 내려간다.

 '이대로 1층까지 내려가겠지.'
싶었다. 내려가던 엘리베이터가 4층에서 멈췄다.
 '아……. 이 시간에 아무도 안 탔는데.'

  일부러 사람이 없는 시간을 찾아 일찍 나왔건만 그런 노력이 가상하게도 만날 때마다 나를 보고 얼굴을 찌푸리시고 혀를 차시는 아저씨를 만났.

 '벌써 피곤하네. 집에 가고 싶다.'
 "쯧……. 아침댓바람부터 재수 없게."

  닫힘 버튼을 누르며 언제나와 같은 말을 내뱉는 걸

보고 후드를 뒤집어쓴다. 어쩌면 다행이라고 생각했을지도 모른다.

'뭐 일반적인 반응이니까.'

1층에 도착한 엘리베이터에서 재빠르게 내리며 주머니에서 이어폰을 빼내 귀에 꽂았다. 모르는 노래가 흘러나왔다. 폰 화면을 확인해 보니 내가 저장해놓은 노래가 아니었다. 바꾸기는 귀찮으니 그냥 듣기로 했다. 등굣길에 보이는 나무에서는 푸른 잎이 나오기 시작하는 거 같다. 아파트 단지를 넘어서 큰 교차로가 있는 횡단보도를 지나 주택가 골목으로 들어가 빠져나오면 이 동네 가운데쯤에 있는 작은 강이 있다. 이 강의 산책로를 쭉 따라가다가, 옆길로 빠지면 우리 학교가 나온다. 근처에는 신축 아파트 단지나 단독 주택이 많아서 다들 그 근처에 산다.

이른 시간에 나온 탓에 산책로 주변에는 운동하는 몇 명 빼고 사람이 없다. 나는 일부러 이 시간대에 등교한다.

'보기 싫으니까.'

노래를 들으며 걷다 보니 어느덧 학교에 도착했다.

터벅터벅 계단을 한 칸씩 올라 교실에 들어간다.

'아직 아무도 없겠지.'

창문 밖을 쳐다보고는 책상에 엎드린다. 한 삼 분쯤 지나갔나.

오늘은 조용히 지나가면 좋겠다. 라고 생각하자마자 뒤통수에서 책이 날아왔다.

퍽.

머리를 맞은 탓에 어지럽다. 지끈거리는 머리를 부여잡고 뒤를 돌아보니

"뭘 봐. 살인자 자식 주제에."

비웃음이 섞긴 목소리가 들려온다.

'아 또 쟤네. 안 지겹나?'

뒷자리에서 맨날 나를 기분 나쁘게 생각하는 애들 중 하나였다. 쟤는 지금까지 시비밖에 걸지 않았는데. 책을 던지는 건 처음이었다. 바닥에 널브러진 교과서를 보며 교과서가 날아온 쪽을 보다가 다시 교과서에 시선이 갔다.

"쟤 눈빛 좀 봐. 이러다 사람 죽이겠어?"

무시와 조롱, 비웃음이 섞여 기분 나쁜 목소리를 무

시하고 다시 고개를 숙이니 어느새 종소리가 들려왔다. 날씨가 좋아서일까, 아님 아침부터 역사라서일까. 주위를 둘러보니 수업을 듣는 애들이 몇 없다. 날 괴롭히던 애들도 다 엎드려있을 뿐이다. 하염없이 멍때리다 보니 점심시간을 알리는 종소리가 들려 왔다. 교실은 점심을 먹으러 간 애들이 빠져 고요했다.

애들을 마주치기 싫어, 옥상 계단에서 챙겨온 에너지 바 하나를 먹었다. 생각보다 강한 단맛이 입안에 감돌자 저절로 얼굴이 살짝 찌푸려졌다. 에너지 바 봉지를 이리저리 살펴보며

'이거 안 달다고 하지 않았나?'

크게 한숨을 내쉬고 만족스럽지 못한 점심을 마치며 교실로 돌아간다. 책상에 앉아 문제집 하나를 펼친다. 내가 공부를 잘하거나 좋아해서 그러는 게 아니다. 공부도 못하면 정말 답이 없기 때문에 하는 것이다. 풀지도 못할 문제를 물끄러미 쳐다보며 오늘 저녁으로 뭘 먹을지 고민한다. 딱히 공부를 하는 게 아니니 하나씩 생기는 주변 소음을 신경 쓰지 않는다. 뒤에서 다가오는 소리가 들린다. 그냥 지나가는 소리라고 생각하고

주의 깊지 못했다. 문제집을 괴롭히던 애가 낚아채 갔다. 순간 놀라 눈이 커지며 문제집이 끌려간 쪽으로 시선을 돌렸다.

   내 문제집을 뒤적거리더니

   "와 이걸 공부라고 하는 거야?"

라며 말을 내뱉는 애 뒤로 키득거리는 소리가 들려온다.

   아. 탄식이 나올 수밖에 없다.

   "얘들아! 요새 살인자도 공부를 하나 봐? 어차피 교도소나 들어갈 텐데 공부할 필요가 있나?"

   또

   "그러게 ㅋ"

   말도 안 되는

   "야~ 시운아! 부럽다. 넌 진로나 대학 고민 할 필요도 없잖아. 안 그러냐."

   헛소리

   듣기 싫다. 비웃는 소리가 웅얼거리며 맥박이 뛰는 게 느껴질 정도로 아무 생각 없이 내뱉었다.

   "내가 안 죽였어."

   주변이 싸해지며 가소롭다는 눈빛들이 나를 쳐다본다.

주변의 정적에 순간적으로 나는 무의미한 발악을 후회 한다.

이 상황을 바꾼 건 큰 목소리로 조롱하던 애였다. 폭소를 터트리며

"시운아 농담도 참……."

옆에서 내 앞으로 발걸음을 옮기더니 눈높이를 맞추고 재밌다는 듯 웃으며

"그게 그거야 시운아. 자식은 부모의 거울이라고 하잖아."

내 이마를 툭 툭 치며

"너도 결국 죽일 거잖아?"

풉.

재밌는 농담이라도 했다는 듯 주변에서 깔깔거리는 소리가 귀가 아플 정도로 들려 왔다.

손이 아플 정도로 펜을 세게 쥐었다.

"어이구 이러다가 진짜 죽이겠어?"

고요했던 교실 따위가 있었냐는 듯 교실은 웃는 소리로 가득 찼다. 나 혼자만 얼굴을 찌푸린 채.

시끄러운 소리에 종이 친지도 모르고 모여 있다가 들

어온 선생님의 꾸중에 어쩔 수 없다는 듯 각자 자리로 돌아갔다. 그 와중에도 나와 눈이 마주친 선생님의 반응은 차가웠다.

"쯧"

맞은 것도 아닌데 머리가 지끈거린다. 수업하시는 선생님의 목소리는 뭉개지고 웅얼거리다가 이젠 제대로 들리지도 않는다.

'죽을까.'

하루 이틀 이러는 것도 아니고 내가 잘못한 것도 없는데!

진짜 죽고 싶다.

창밖에서 들어오는 빛이 정말 덧없이 찬란해서, 내가 여기서 이런 취급을 받는 게 진절머리 날 정도로 싫어서 죽어야겠고, 날 괴롭히는 애들과 같은 공기를 마시는 게 역겨워서 죽어야겠고, 이러다 미쳐버릴 거 같으니 죽어야겠고 그냥 더 이상 숨 쉬고 싶지 않아. 올바른 사고가 되지 않는다.

생각하는 사이에 시간은 흘러 학교가 끝났다. 아직 멍한 상태로 하굣길에 오른다.

'죽을 거면 닿지도 않게 깊은 곳에서…….'

동네를 가로지르는 강……. 떠올린 곳은 다리였다.

'그 정도면 충분하겠지?'

홀린 듯 산책로를 쭉 따라 다리가 있는 곳으로 걸었다. 큰 다리는 인도가 없어서 나는 작은 다리를 찾아가야 했다. 집을 지나쳐야 있기에 평소에는 잘 다니지 않는 곳이라 생소한 느낌이 들어도 나는 계속 나아갔다.

'죽는 게 무서워도 이 세상에서 살아가는 게 더 싫고 더 무서워.'

뒤에서 비웃는 소리가 들렸다. 가던 걸음을 멈추고 떨리는 손을 부여잡으며 제발 아니길 바라며 돌아본 곳에는 아무것도 없었다. 다시 웃는 소리가 들린다. 마치 점심때 들었던 깔깔거리는 소리와 비슷한 듯 아닌 듯싶었다.

달렸다.

이 웃는 소리에서 벗어나고 싶어서 숨은 목 끝까지 차올라 헐떡이고 제대로 가고 있는지 조차 모르겠지만 달렸다. 힘들게 달려 도착한 곳에는 불편을 드려 죄송합니다.

라는 문구가 보였다.

하……?

열심히 달려왔던 이유가 저 한 문장으로 사라진다. 헉헉거리던 숨을 고르게 쉴 때까지 나는 그 자리에서 움직이지 않았다. 내가 여기까지 왔던 이유를 더듬더듬 짚어가며 나는 여기 온 것을 후회한다.

'등신 죽는다고 여기까지 이 꼴로……. 진짜 왜 사냐.'

옷자락을 두 손으로 꽉 쥐었다. 눈시울이 뜨거워졌지만 눈물은 흐르지 않는다. 이젠 우는 법도 잃어버렸을 수도……. 고개를 들어 하늘을 올려다보니 구름 한 점 없는 하늘은 아직 파랗고 춥지 않을 정도의 바람이 볼을 스쳐지나간다. 예쁘게 푸른 하늘을 눈에 담자, 두 눈을 감고 숨을 크게 들이마신다.

'아, 아직 집에 가긴 싫은데…….'

사람의 온기라고는 느껴지지 않는 싸늘한 그 집은 나에게 편한 휴식처도 학교에서 도망갈 피난처도 안 됐다. 어딘가에서 마음 편히 생각할 곳은, 나에게 그럴 여유는 없다.

'근처 카페라도 가있을까. 이왕이면 사람 적은 카페면 좋겠는데.'

그렇게 걷다가 은은한 꽃 향 같은 게 나는 곳을 보았다. 이른 봄에도 건물 한쪽을 빼곡하게 채운 넝쿨이 초록빛을 내뿜으며 자리 잡고 있었다. 간판은 한자라 잘 읽지는 못하겠다만 처음 글자가 목숨 명이라는 건 알아볼 수 있다.

'카페는 아닌 거 같고 찻집? 무슨 간판 이름에……'

언뜻 보기에는 삶이 없어 내가 찾던 곳과 맞는다고 느껴 찻집의 문을 열었다.

딸랑

문을 열자 명쾌한 종소리와 그윽한 등꽃 향이 머리가 어지러울 정도로 덮쳐왔다.

천장에 달린 등꽃 사이사이에 강하지 않는 조명이 있어 어두우면서도 어둡지 않은 몽환적인 느낌이 드는 배경이었다. 몇 개 안되는 테이블과 주인으로 보이는 분을 둘러 싼 라운지 같은 모양새가 눈에 띄었다. 용케도 이런 곳이 유명하지 않는다는 게 신기할 정도였다.

"어서 오세요."

유심히 날 보던 사장님이 싱긋 웃었다. 자리를 안내하듯 자신의 근처에 있는 의자로 손짓했다.

나는 계속 문 앞에 서 있기도 뭣하여 안내한 자리에 앉았다. 자리에 앉자 상냥한 미소로 메뉴판을 가져다주며 말을 덧붙였다.

"저희 찻집은 처음이신가요?"

메뉴판에 파묻었던 고개를 들며

"네……."

"아! 그러시군요! 처음 오시면 차 한 잔을 무료로 드리거든요. 여기서 골라보시겠어요?"

메뉴판을 가리키며 친절하고 상냥한 투로 웃으며 말했다.

그런 상냥함을 언제 마지막으로 느꼈는지 모르겠다. 이런 상냥함을 계속 느끼면 좋겠다.


메뉴판을 유심히 보며 무엇을 마실지 고민하지만 차

를 즐기지는 않으니 뭘 마셔야 할지 도무지 모르겠다. 그런 나를 보며 슬며시 사장님은 차 하나를 추천했다. 찻잎에 과일 향이 가미된 보통 처음 차를 마시거나 어린아이들에게 추천하는 차라고 했다.

    내 앞에 찻잔이 놓이고 찻잔 안에 코끝을 간질이는 복숭아 향의 차가 따라진다. 조심히 차를 홀짝인다. 입 안에 복숭아 향과 살짝 단맛이 올라왔다. 점심에 먹었던 에너지 바의 단맛처럼 기분 나쁜 맛은 아니었다. 나른해지면서도 몸은 개운해지는 느낌이 들었다. 입가에는 보일 듯 말 듯 한 미소가 지어졌다.
  "차향은 괜찮으신가보네요."
  "네……."
  다행이라는 듯 웃으며 나는 찻집 사장님과 시시콜콜한 대화를 나누었다. 요즘 날씨라든가, 동네가 좋다는 것 등. 대화를 나누며 느낀 점은 사장님은 내 얘기를 듣고 싶어 한다. 하지만 나는 들어서 좋을 것 없는 이야기뿐이다. 저 상냥한 미소가 경멸로 바뀌는 게 싫어서 안 했다고 하는 게 더 맞을지도 모르겠다. 나는…….

딸랑

소리가 난 곳으로 고개를 돌리니 새로운 손님이 들어왔다. 사장님은 새로운 손님의 자리를 안내했다. 따뜻한 찻잔을 손으로 감쌌다. 체온처럼 따뜻한 찻잔이 기분 좋았다. 예전 기억에 잠식당하지 않게 해주는 것 같다. 흐뭇해하며 시선을 창문으로 돌리니 덮어있는 넝쿨 사이로

어느새 붉어진 하늘이 보였다.

'이제 집에 가야겠네. 다음에 다시 와 볼까.'

저도 모르게 아쉬워하며 옆에 있던 가방을 잡고 찻잔을 가져다 놓으려 하자

"거기에 두시면 제가 치울게요."

"아, 네."

잔을 내려놓고 찻집을 나온다. 문득 뒤를 돌아본 찻집은 들어 왔을 때 보다 꽤나 낡아보였다.

집에 들어와 곧장 침대에 누웠다.

'다시 가고 싶을 정도로 상냥한 곳이었어.'

베개에 얼굴을 파묻으며

학교 애들이⋯⋯ 주변 사람들이 절대 몰랐으면 좋겠

다며 잠드는 하루였다.

    창문 틈으로 들어오는 살랑거리는 바람을 느끼며 자연스레 눈이 떠졌다. 평소 잠에 들지 못해서 수면제를 먹거나 설치는 게 대부분이어서 언제나 피곤했는데 몸이 가볍고 개운하다. 이 정도로 깔끔한 잠을 잤던 게 얼마 만이었던가! 평소와 다르게 덜 기분 나쁘게 등교할 수 있었다. 학교에 도착하고 펜을 돌리며 평소와 다르게 잘 잤던 이유를 생각해 봤다.

    '차를 마셔서……? 근데 그보단 어제 죽는답시고 다리로 뛰어서인가? 하긴 평소에 운동을 안 하긴 했어.'

    끄덕이며 오늘부터 운동을 해야 하나 고민하며 하루를 다 보냈다.

    학교가 끝난 후 그 찻집에 다시 갈 생각에 발걸음은 가벼웠다. 주머니 속에서 폰을 꺼내어 조금 더 빠른 길을 찾으려 지도를 켰지만

    '그 찻집 생각해 보니 한자로 되어 있어서 제대로 이름도 모르잖아.'

    눈을 끔벅이다가 결국 어제 가던 것처럼 다리에서 다

시 찾아갔다. 걷다보니 저 멀리에서 온통 초록빛으로 물들어진 건물이 보인다.

'찾았다. 저번보다 오래 걸린 것 같지만.'

딸랑

어제와 똑같은 종소리가 났다. 사장님은 먼저 온 손님과 대화중이었지만 나와 눈이 마주치며 반가운 듯 또 어제와 같은 상냥한 미소를 짓는다.

"어제 오셨던 분 맞죠? 오늘도 오셨네요."

'저런 사람은 이상적인 부모님 밑에서 좋은 친구들과 행복한 학교생활을 보내며 자랐을 거야.'

나랑은 너무 비교돼서 내가 비참해 보이지만 저 상냥함은 계속되길 바란다. 주제를 알아야 하는데.

"네. 어제 마신 차가 너무…… 인상 깊어서요."

"와! 그러시구나! 이번에도 그럼 같은 차로 드릴까요?"

고개를 저으며 살짝 웃는다. 이렇게라도 웃던 적이 있었나.

"아뇨……. 그 수면에 도움이 되는 차가 있을까요?"

"수면에 어려움이 있으신가요?"

"조금……."

"마침 얼마 전에 새로 들어온 캐모마일이 있는데 그걸로 괜찮으실까요?"

"네……. 그럼 그걸로 주세요."

맑은 네라는 소리와 함께 어제와 같은 자리로 안내해 주었다. 옆자리에 다른 손님이 있어 약간 불편하다. 혹시라도 나를 알아볼까 한껏 긴장한 상태로 테이블만 주시하는 나에게 은근 말을 걸었다.

"여기가 처음이신가요?"

"아뇨……."

"여기 참 좋죠? 천장에 있는 등꽃이며 차도 좋고요."

"네."

"혹시 나이가? 아, 학생인가?"

내 교복을 슬쩍 보더니 계속 말을 이어 나갔다.

"어디 학교예요? 내가 살던 주변에는 없는 학교인 거 같아서."

"하하하 네……."

'분명 상냥하고 착하신 분인데 불편하다. 사장님은 처음 봤을 때부터 익숙했던 거 같은데 이분은 약간 느

낌이 달라. 친절하고 좋은 분 같은데 좀 더 텅 빈?'

조잘거리는 손님을 맞장구쳐주며 사장님이 언제 돌아오시나 계속 들어가신 안쪽에 시선이 갔다.

"그래서 어떻게 생각해요?"

"네? 뭐가요?"

'다른 생각하던 사이 대화를 놓쳐버렸다.'

"잘못을 매일 후회하고 참회하며 사는 사람이요. 저는 그런 사람이 이해가 안 돼요."

움찔

후회…… 잘못…… 나한테 하는 말인가? 근데 그건 내가 그런 게 아닌데. 아니, 애초에 이 사람이 날 아나? 알아서 일부러? 그럼 상종도 하지 않았을 텐데. 그 말 하나에 오만가지 생각이 머릿속을 헤집었다.

"후회할 거면 잘못을 저지르지 말았어야 하는 거 아닌가? 그렇지 않아요?"

떨떠름하게 맞는다고 할 수밖에 없었다. 이 사람이 날 알지 못한다는 가정 하에 내린 결론이었다.

"근데 그 일 하나 때문에 주변 가족들까지 피해를 보는 건 불쌍하긴 해요. 그 사람들은 잘못을 저지르지 않앉잖아요."

"그래도 죄를 지었으면 속죄하며 사는 게 맞아요. 그게 본인이 아닌 가까운 사람이든."

이건 내가 들었으며 나에게 하는 말이기도 했다.

"그렇게 생각할 수도 있죠. 하지만 주변 사람은 아무 죄도 짓지 않았는걸요? 잘못은 본인이 지었으면서 본인은 책임지기 싫어서 죽어버리고 남은 주변인이 속죄하는 게 말이 돼요?"

'정말 상냥하신 분이네. 이분은. 보통은 그런 생각 잘 안 하시는데. 아니면 아직 날 떠보는 중인건가.'

"난 그래서 그 책 결말이 마음에 들지 않아요."

……?

"네? 책이요?"

책이라는 말에 당황스럽기는 하나 한편으로는 약간 안도했다.

'그럼 이분은 진짜 그렇게 생각한 건가……? 왜?'

도저히 이해되지 않는 의문이 하나씩 피어오를 때 쯤

탁

테이블에 찻잔이 놓인다.

"둘이 벌써 이렇게 친해졌어요?"

상냥한 얼굴로 말을 거는 사장님이 보인다.

"사장님! 아니 글쎄 이 학생이 그 책을 안다니까?"

"아! 그 책 말이죠. 꽤나 오래되지 않았나요?"

"그러니까! 요새 애들은 모를 거라고 생각했거든! 이렇게 책에 대해서 얘기를 나눌 수 있는 사람이 있을 줄 몰랐다니까."

두 분의 대화를 들으며 나는 차를 한 모금 마시며 흐뭇해졌다.

'따뜻하고 편안하네.'


침대에 누운 나는 찻집에서의 느낌을 다시 세기며 누워있었다.

'오늘은 내일이 두렵지 않을 거 같아.'
라며 눈을 감으니

현관을 여는 소리에 감은 눈이 떠진다. 손끝과 발끝이 차갑게 식어간다.

"누구……세요?"

사실 알지만 이 시간에 들어올 사람이 그 사람 밖에

없지만 눈으로 확인하기 전까지 믿고 싶지 않았다.

아

현관문이 닫히며 익숙한 실루엣이 눈에 들어온다.

"왜 난 내 집에 마음대로 못 들어와?"

"아……, 아니요."

자연스레 고개를 밑으로 떨구고 떨리는 목소리로 대답한다.

'아직 올 날짜 안 돼서 안심하고 있었는데.'

너무 안일했다. 엄마가……. 그러니까 어머니가 이렇게 갑자기 들이닥칠 줄 몰랐으니까. 내 쪽으로 오는 시선이 느껴진다. 숨이 막힐 정도로 쳐다보는 저 경멸에 찬 눈이 날 다시 어두운 곳으로 끌어가는 느낌이 든다. 질척한 검은 늪이 발끝부터 무릎, 허리, 목까지 차오른다. 발버둥 칠 수 없을 정도로 강압적이게.

"재수 없게 방문 막고 있지 말고 방에 들어가. 보기 역겨우니까."

어이없게도 역겹다는 소리 질척한 그곳에서 벗어났다. 여기 이곳에 늪 따위는 없다. 숨이 벅차 흔들리는 목소리를 쥐어 짜내며

"네."
라는 한마디를 겨우 했다.

"네 목소리 듣기 싫다고 몇 번을 말하니! 어쩜 제 아빠랑 하는 짓이!"

'어머니는 내 목소리는 싫으시겠지. 당연한 거야. 그 사람의 딸인데.'

작게 끄덕이며 살며시 방문을 닫는다. 방에 들어가면서도 발에 질척거리는 느낌은 남아 있었다. 발밑을 확인해도 아무것도 없다.

"내가 쟤를 낳았을까. 내가 왜."

문틈 사이로 들려오는 소리에 귀를 닫으며 눈가를 쓸었다. 후회는 어느 때보다 비참해진다. 말하는 이도, 듣는 이는 더욱.

'울면 안 돼……. 안 되는데.'

제 감정조차 마음대로 안 됐다.

'이제껏 잘 버텨 왔는데 왜 저 한마디에 다 무너지는 걸까.'

침대 베개에 고개를 파묻고 울었다. 하염없이 울었다. 지쳐 새벽에나 잠들었다. 그마저도 악몽을 꾸면서

3시간도 채 자지 못했다.

  부스스한 머리로 침대에서 일어난다. 어제 일을 더듬거리며 하나씩 기억해 낸다.

  찻집에 갔다가 해맑던 분과 대화하고…… 집에 와서 다시 생각하다가…….

  그만

  더 이상 생각하지 않는 게 이롭겠다. 방 밖을 나오니 발 옆에 있던 술병을 건드렸다. 서서히 둘러보니 이곳저곳에 술병이 나돌아 다니고 있고 컵 중 몇 개는 깨져 있다. 쾌쾌한 곰팡내가 덮쳐오는 절로 얼굴이 찌푸려지는 풍경이다. 몽환적이던 찻집과 정말 비교되는 모습이다.

  '찻집이랑 비교는 왜 하는데. 비교할 걸 해야지.'

  발 옆에 있는 술병부터 차근차근 주웠다. 곰팡내를 빼려고 창문을 여니 아스팔트 바닥에 빗방울이 하나씩 떨어지고 있었다.

  '비?'

  머리를 창밖으로 내미니 내 이마에도 한 방울 떨어졌다.

'오늘은 창문 열면 안 되겠네.'

현관에서 우산 하나를 집어 들고 집 밖을 나오자 더욱 세차게 내리기 시작한다. 날씨가 안 좋아서 아침에 운동하는 사람도 안 나왔다. 등굣길에 정말 나 혼자 있었다.

애써 학교에 도착하니 다시 나가고 싶었다. 창밖을 바라보며 3교시쯤 지났을 때. 비가 내리는 날을 보니 문득 그곳에 가고 싶었다. 종이 치자마자 정말 충동적으로 조퇴를 결심했다. 교무실에 찾아가 담임 앞에 섰다.

"뭐냐."

"조퇴요."

나를 힐끔 보더니

"왜."

"아파서요."

어이없다는 듯 피식 웃더니

"보호자께 연락해서 허락 받아."

그러고는 나에게 내 휴대폰을 주었다. 던졌다는 게

더 맞는 표현인거 같다.

  나는 어머니께 전화했다. 정확히는 하는 척을 했다. 어머니는 학교에서 전화 오는 걸 특히 싫어하신다. 예전에 한 번 학교에서 전화가 온 뒤에 집안의 모든 물건을 던지며 난리 치셨던 기억이 떠올라 소매 안에 보이지 않을 흉터를 만지작거렸다. 선생님들도 학부모랑 전화하시는 걸 싫어하셔서 보통 학생한테 학부모 전화를 돌린다. 그래서 나는 어머니와 통화 하는 척을 했다. 담임은 내가 했는지 안 했는지 알 길이 없다. 혹시라도 알아차리면

  "어머니 아는 분께 전화해서 허락받았어요."
라고 해버리면 된다. 근데 할 필요도 없을 거 같다.

  '나한테 관심 없으니까, 담임은.'

  난 그렇게 학교를 빠져나와 그곳에 갈 수 있었다.

  12시쯤의 산책로는 아무도 없어 마음 편히 걸으면서 갈 수 있었다. 화단에는 어제 보지 못한 푸른빛이 감도는 수국이 자리 잡고 있었다. 가게 문을 열고 들어가자 익숙해진 등꽃향이 깊숙이 들어온다. 어째 평소보다 서늘한 찻집이었다. 사장님 자리에 차가운 인상을

가진 남자가 날 쳐다보고 있다. 남자는 춥지 않은 초여름임에도 검고 긴 코트를 걸치고 있었다. 잠깐 봐도 두께가 있어 보이는 코트였다.

움찔

나는 눈치를 보며 자리에 앉자 안쪽에서 사장님이 나오셨다.

"어? 학교에 있을 시간 아니에요?"

'뭐라고 대답하지? 학교가 일찍 끝났어요? 아니면 아파서요?'

난 결국 후자를 택했다.

"몸이 안 좋아서요……."

"몸이 안 좋으세요?"

진심 어린 걱정을 하며 나에게 괜찮으냐고 물었.

난 꾀병으로 나온 거니 괜찮다고 할 수밖에 없었다. 사장님과 대화를 나누는 계속 남자는 나를 쳐다보고 있었다. 물론 나도 시선에 이끌려 힐끔힐끔 쳐다보긴 했으나

'아직도 보고 있네……. 뭐지?'

이러한 시선이 익숙하지 않다. 안쪽에서 혹시나 나

를 알까 싶은 불안감이 스멀스멀 올라온다.

'날 아나? 알아서 쳐다보는 건가, 아님 아직 확신이 들지 않아서 그러는 건가.'

둘 중 뭐가 맞는지 모르겠지만 그래도 저 남자도 사장님처럼 날 모를 수도 있다는 가능성을 두고 있다.

사장님 또한 시선을 알아차리셨는지 남자에게 귓속말로 주의를 주는 것 같았다. 사람을 앞에 두고 귓속말 하는 건 기분이 좋지는 않으나 익숙하니 넘어갔다. 두 분의 귓속말을 계속 보고 있으니 사장님이 신기하다는 표정이다.

"이분이 보이시나요?"

'당황스럽다. 사장님이 나한테 그만 쳐다보라고 하는 건가?'

살았던 인생이 그래서인가 꼬인 화법에는 익숙하나 사장님이 그럴 리가 없다는 생각에 그저 당황스러움을 표출했다.

"예?"

남자 쪽으로 고개를 살짝 돌리며

"네. 당연히 보이지 않나요?"

남자는 어리둥절한 표정으로, 사장님은 의심에서 확신으로 바뀌는 표정으로 나를 유심히 보았다.

"아뇨. 당연히 보여야죠. 죄송해요, 저희가 이상한 질문을 했네요."

나에게 연신 사과 하신 사장님은 찻집 안쪽에서 내가 주문한 복숭아 차와 화려한 색의 양갱을 내 앞에 내주었다.

"차 맛을 더해줄 양갱이에요. 인공 색소 대신 꽃잎이나 과일 껍질로 색을 내서 인체에는 무해해요."

복숭아 차에서는 은은한 향과 뒷맛이 약간 쌉쌀한 맛이 났다. 쌉쌀한 맛을 덜어내려 나무로 된 포크로 양갱을 조금 떼어먹었다. 화려한 양갱은 무척이나 달 줄 알았지만 많이 달지 않은 고구마 맛이 났다. 나는 신기한 듯 양갱을 포크로 뒤적였다.

'양갱이 이렇게 맛있었나?'

이런 조그마한 단맛에 점차 익숙해진다.

기분 좋은 차향에 젖어 들 때쯤,

딸랑

가게 출입구 쪽에서 바깥의 미지근한 공기와 익숙한

종소리가 들려왔다.

30대 후반쯤 보이는 남자가 조심스럽게 들어 왔다. 눈 밑에는 다크서클이 가득하고 움츠러든 어깨와 눈만 이리저리 굴리며 주변을 탐색하는 모습이 자신감이 있어 보이지는 않았다. 그런 남자를 사장님은 반갑게 맞이해 주었다.

"어서 오세요."

남자는 살짝 놀란 듯 움찔거렸다.

"아……. 안녕하세요."

"이쪽 자리 괜찮으신가요?"

"네……."

남자는 사장님이 이끈 자리로 가 앉았다. 내 옆자리였다. 나는 불편한 기색을 숨기며 살짝 고개를 돌려 남자 쪽을 쳐다보니 남자도 퍽 달가워하는 표정은 아니었다. 허나 사장님은 그 자리에서 계속 주문을 받으셨다.

"원하시는 차 종류가 있을까요?"

"아. 아니요."

사장님은 잠시 고민하는 듯 남자를 훑어보더니 메뉴

판을 가리킨다.

"그럼 대추차 괜찮으실까요? 피로 회복에 도움이 된답니다."

"네……. 그럼 그걸로."

사장님은 가게 안쪽으로 들어갔다. 여기에서 잘 보이지는 않지만 찬장 열리는 소리, 도자기 같은 물건이 부딪히는 소리, 나무 원목 소리 등이 들렸다.

대추차는 생각보다 금방 나왔다. 나무 쟁반 위에 커피색 티슈와 손잡이가 없는 원통 모양의 찻잔이 있었다. 찻잔에는 붉은빛을 띠는 갈색에 가까운 찻물 안에 말린 대추 하나와 잣 하나가 있었다. 남자가 찻잔을 들자, 안쪽의 찻물과 잣이 일렁였다. 남자는 차를 한 모금 마셨다. 눈을 감고 천천히 음미하더니 아까보다 편안한 인상이 된 남자에게 사장님이 소소하게 대화를 이끌었다.

"요새 안 좋은 일이나 걱정이라도 있으세요? 많이 피곤해 보여서요."

남자는 우물쭈물하다가 어렵게 입을 열었다. 긴장이 전부 풀렸는지 자신이 살아온 이야기를 천천히 시작했다. 느릿한 말투가 썩 듣기 좋지는 않았다. 처음은 가볍게 자신의 형제 이야기로 시작했다. 뜨거운 여름이 되면 매년 계곡에서 수박을 깨 먹었던 이야기나 형제와 자주 다투었던 이야기 등등 누구나 한 번쯤은 해봤을 이야기를 들려주었다. 그러다 잠깐 멈칫 하더니 이내 다시 입을 열었다. 말을 꺼내려는 남자가 탐탁지 않아 보였다.

"자랑은 아니지만 저는 학창 시절 꽤나 모범생이었다고 자부할 수 있었습니다. 전교 등수에서 이름이 한 번도 밑에 있지 않았으니까요."

"대단하시네요. 힘들지는 않으셨나요?"

"안 힘들었다면 거짓말이었겠지만 공부가 제 생각보다 적성에 맞았고 또 집안도 경제 상황이 나쁘지 않아 저와 형제들 모두 공부에만 몰두할 수 있었습니다."

'부럽네. 돈 걱정 없는 것도, 화목해 보이는 집도.'

그런 것 하나 없는 나는 남자를 부러워했다.

남자는 기분 나쁜 과거를 꺼내는 듯 얼굴을 찡그리며 이어갔다.

"그렇게 착실히 공부하여 고대하던 수능 날이 왔습

니다만 평소에 몸이 안 좋다던 동생이 쓰러졌다고 하더군요. 저는 당장 뛰쳐나가고 싶었습니다만 계속 수능을 쳤습니다. 잘못될 수도 있던 동생이었던지라 불안감에 평소보다 훨씬 망쳐버렸습니다. 수능이 끝나고 나오니 눈이 내리기 시작했습니다. 주변에서는 수고했다며 마중 나온 다른 가족들을 보며 부럽다는 생각을 했습니다."

'배부른 소리 하네.'

"그렇게 서둘러 집으로 갔습니다. 집으로 가니 아픈 동생은 제 생각보다 멀쩡해 보였습니다. 그런 동생이 해맑게 시험 잘치고 왔냐고 물어 보는 말에 저는 입을 다물 수밖에 없었습니다. 저는 수능을 망친 이유로 아픈 동생 탓을 했습니다. 네, 압니다. 그러면 안 되는데. 그렇지만 그 당시에는 몇 년 동안 준비한 수능을 재 하나 때문에 망쳤다는 생각 밖에 안 들었죠. 저는 재수를 핑계로 기숙 학원에 다니면서 서서히 동생과 멀어졌습니다. 물론 지금은 다 사과했습니다. 저 혼자 잘못한 것이니까요. 하지만 그때 감정을 잘못 잡으니 시간이 지나서는 싫다는 감정만 남아 거의 모든 집안 행사 등에 빠졌습니다. 걔는 잘못한 거 하나 없는데 제가 괜히 죄책감 때문에 피하는 거지만요. 재수하고 군대도 다녀오니 남들보다 늦게 사회에 뛰어들었습니다. 제 눈이 높았는지 지원하는 회사마다 떨어지니 자존감도 점점 떨어져서 전부 하기 싫기도 했습니다. 그렇게 알바에 연연하며 살다가 동창회에 갔는데 다들 번듯한 직장에 자리 잡아 살아가고 있었습니다. 동창들은 학창 시절 공부를 잘했던 애들은 무슨 회사에 취업했나 물어보고 있었습니다. 제 차례가 오니 특히 저를 시기하던 친구가 집요하게 물었습니다. 저는 아무말도 못했고 주변에서는 아 쟤 수능 망쳤지 라는 소리가 들렸습니다. 처음 느껴보는 지독한 수치심에 그 자리를 박차고 나왔습니다. 다 저보다 못했던 애들이 저보다 더 잘나가니 없던 열등감이 생기더군요. 그 후 저는 아무 회사에나 들어갔습니다. 들어가 보니 제 상사가 절 싫어하던 동창이었습니다. 싫어하는 이유는 별거 아니었습니다. 매년 저보다 등수가 낮아 저를 아니꼽게 보던 애들 중 하나였습니다. 저와 같은 고등학교를 가서 이기겠다고 자신의 성적보다 높은 학교를 썼으나 떨어져 어디 먼 시골의 고등학교에 갔다던 소문이 있긴 했습니다만 그래도 지금은 회사고 중학교 때의 감정이 남아있지 않을 거라 생각했습니다. 그게 제 착각이었던 것을 알아차리기는 오랜 시간이 걸리지 않았습니다."

    타닥타닥 자판 두드리는 소리 밖에 들리지 않는 삭막한 사무실에서 커다란 고함이 정적을 깨트린다.

    "이봐, 김 사원!! 자네 이게 뭐 하는 건가. 거래처에 보낼 문서는 나에게 올리라고 하지 않았어?"

    "이번 건은 따로 올리지 않아도 된다고 말씀하셨습니다."

    "지금 상사에게 말대답인가. 말이 되는 소리를 하게!"

    "네. 죄송합니다."

    "지금 죄송하면 다 인가?"

    말도 안 되는 일로 큰소리가 나면 주변에서는 또 저 사람이야 라는 소리가 들린다.

    "평소 학교 다닐 때도 문제 많았대."

    "와. 진짜?"

    "이거 유명한데 못 들어 봤어?"

점심시간이 되자 사무실에서 단체로 나간다.

'또.'

내 뒤로 걸어가는 사람들이 작게 수근거린다.

'나는 알지 못하는 내 학창 시절이었던가.'

여기저기에서 이 대리. 그러니까 날 혼내는 상사가 만들어낸 이상한 소문이다. 평소 평판이 나쁘지 않던 이 대리의 말이 화근이었다. 처음에는 그냥 가벼운 장난처럼 들리는 말들이 오갔다가 점점 수위가 올라 학교 선생에게 돈을 주었다 등 말도 안 되는 말들이 돌았다. 동창이었던 이 대리 입에서 나왔으니 다른 사람들은 이것을 곧이곧대로 믿었다. 어디에도 속하지 못하게 완전한 고립이 되었다. 그렇게 1년, 2년, 3년이 되어 작은 인사 변동이 일어나도 나는 여전했다. 이게 지속되자 정신과 상담 등을 받아보는 것이 나을 수도 있겠다는 결론이 나와 가보려고 했지만 계속되는 야근과 회식 때문에 시간 내는 것이 어려웠고 얼마 있지도 않는 연차나 반차를 내려 하면 이 대리가 계속 눈치를 주어 쓰지 못하였다. 점점 피폐해지는 정신을 붙잡고 시간을 내어 병원에 갔다. 가서 오는 말은 또 이 대리가 어디서 본 건지 내가 정신과에 들어가는 모습을 날조하여 과거부터 정신 질환이 있고 그것 때문에 자기 주변인들도 크고 작은 사고를 당했다, 라고 말하고 다녔다. 그러자 나는 더욱더 사내에서의 인간 관계를 만들수 없었고 그저 묵묵히 참았다.

"이런 상황이 대부분이었죠. 사직이나 이직을 생각해 보긴 했으나 지금 와서 너무 늦었네요."

씁쓸한 얼굴의 남자는 말을 마치며 찻잔의 마지막 찻물을 마셨다.

"말하고 나니 제가 너무 부끄럽네요."

"아니에요. 많이 힘드셨을 거 같아요."

남자는 멋쩍게 웃었다.

"감사합니다."

대화를 마치는 소리를 들었는지 안쪽에 들어가 있던 차가운 인상의 남자가 나왔다. 차가운 인상의 남자는 방금까지 자신을 이야기한 남자에게 따라 나오라는 손짓을 하더니 뒷문으로 데리고 나가는 듯 보였다.

집에 돌아온 나는 어머니가 없는 걸 확인하고 방에 들어갔다. 침대에 누운 나는 오늘 들은 이야기 때문에 쓸데없는 생각을 했다.

'나도 만약에 어릴 때처럼 사이좋은 가족으로 계속되었으면 어떻게 됐을까. 그런 거 생각해서 뭐 해. 바뀌는 거 하나 없는데.'

밖에서 들리는 도어락 소리와 달그락 소리에 혹시나 심기를 건드려 난리가 날까 봐 숨죽여 잠을 청했다.

'이런 지긋지긋한 감정이 들면서 자는 것도 한두 번이 아닌데 왜 이렇게 기분이 나쁠까.'


요새 매일 같이 찻집에 드나들었다. 점점 사장님과 말하는 것도 여유로워졌다. 아직 다른 손님이 갑작스레 말을 걸면 당황하기도 한다. 그래도 사람과 대화하는 게 마냥 싫지는 않다는 것을 배울 수 있다. 첫날 찻집을 찾은 것이 올해 제일 잘한 일인 듯싶었다.


아침에 원래라면 출근했을 어머니가 술에 절여져 난리 치는 소리에 이웃집의 신고를 당해도 괜찮았다. 오늘 찻집에 갈 예정이었으니까. 신고 때문에 지각해서 담임한테 혼나도 괜찮았다. 왜냐. 오늘 찻집에 갈 예정이었으니까. 그렇게 시간이 지나가고 종례가 끝나자마자 바로 찻집에 갈 생각에 신나 얼른 후문을 지나가려던 때 누가 뒤에서 내 가방을 낚아챘다. 갑작스러운 힘에 균형을 잃고 쓰러졌다.

'오늘 운수가 안 좋은데 왜 쟤네가 조용히 지나가나 했다.'

쉬는 시간, 점심시간 등에도 보이지 않던 애들이 학교가 끝나니 쌤들도 잘다니지 않던 곳에서 담배를 피우며 쓰러져 있던 날 내려다보고 있었다. 나는 신경 쓰지 않고 지나가려 일어났으나 뒤에서 차 다시 쓰러졌다. 차인 등을 아파할 틈도 없이 담배를 피던 한 애가 담뱃재를 내 주변에 털었다. 손등에 오른 담뱃재 때문에 작은 화상을 얻었고 교복은 몇 군데 작게 탄 흔적이 보였다. 아프고 아팠다. 내가 고통에 몸부림치자, 걔네는 밟힌 지렁이 보듯 깔깔대며 웃어댔다.

'쟤네는 이게 재밌나 보네.'

"야! 내가 이 담배 하나로 살인자 새끼를 해치웠다!"

"미친 건가 ㅋㅋㅋㅋㅋㅋㅋ"

"와 ㅋㅋㅋㅋㅋ 영웅 취급해줘야 되나."

"ㅇㅇ 내가 이 나라 영웅임."

"훈장 하나 쥐여줄까?"

담뱃갑에서 담배 하나를 입에 물고 주머니를 뒤적거렸다.

"어."

"왜?"

"라이터 두고 옴. 나 불 좀."

"꺼져. 그걸 두고 오냐."

"한 번만 빌리자~"

라이터로 불을 붙인 담배에서 연기가 피어올랐다. 담배를 피며 내가 엎어진 꼴을 보고 웃어댄다.

'내가 지금 이런 취급 받는 것도 서러워 죽겠는데.'

흙바닥에 엎어진 손에 주먹을 쥐었다.

억울하고 서럽고 짜증 난다.

'내가 죽인 것도 아니고 부모가 사람 죽였다고 내가 이렇게 살아야 해? 내가 그랬어? 가난한 것도 살인자 자식인 것도 내가 선택했어? 내가 골랐냐고.'

외치고 싶었다. 진정이 안 되는 분노에 머리가 멍해진다. 눈가가 뜨거워지고 쌓여있던 스트레스를 더 이상 참지 못해 충동적으로 바닥에 있던 흙을 눈앞에 애들한테 뿌렸다.

"미친."

"이거 뭐야. 눈에 뭐 뿌렸어."

5개월 동안 밟혀있던 감정을 표출했지만

퍽.

"야 밟아."

단 30초 만에 반격은 끝났다.

뒤로 물러나 있던 애들이 달려들어 무자비하게 밟았다.

몸을 웅크리고 최대한 막았지만 마지막에는 한쪽 팔, 발목, 갈비뼈가 붉게 부어 욱신거렸고 오른쪽 뺨에는 시퍼런 멍이 있었다. 넘어질 때 깨진 폰으로 시간을 보니 학교가 끝난 지 2시간이 지나 있었다.

'2시간 동안 맞고 있었던 거야?'

자조적인 웃음이 새어 나왔다.

'내 처지를 받아들이고 가만히 맞았으면 덜 맞았을 텐데. 내가, 나 따위가 감히 반항을 해서.'

그날 차라리 찻집을 찾는 것이 아니라 새로운 자살

방법을 찾아 봤어야 했다. 머릿속이 어지럽게 어질러진다.

'만약 이번에도 다리에서 못 뛰어내리면? 그럼 집에 불을 질러……. 아니야. 나 때문에 다른 사람이 피해 볼 필요는 없지……. 죽을 때라도 조용하게 죽어야 돼. 그럼 벽에 줄이라도 걸어서……. 근데 집에 줄이 있던가. 굳이 줄까지 필요할까. 그냥 아파트 옥상에서 뛰어 내리려면 옥상문은 …….'

쓸데없는, 아니 실행되지 못할 생각들을 멈추지 못하며 아픈 몸을 일으켰다. 이 상태로 찻집에 가 동정을 받는 것도 안 좋은 선택지는 아니었으나 싫었다.

나 따위가 동정받는 게 싫다는 생각을 하다니 찻집에서 쓸데없이 따뜻함을 알았나 보다. 집으로 가야겠다. 옷에 있는 먼지를 툭툭 털어냈다. 천천히 걸으며 교문을 완전히 나오니 비가 쏟아졌다. 지나가던 몇 없는 사람들은 하나둘 비를 피해 어딘가로 들어가거나 우산을 펼쳤다. 가방에 넣어두었던 우산을 꺼내 펼쳤으나, 부러진 우산이 바닥에 떨어졌다. 숨이 막히고 눈시울이 뜨거워졌다. 누가 보면 우산이 부러져 속상해서 우는 등신으로 봤을 것이다. 밖에서는 잘 참아왔던 눈물이 터져 버렸다. 온 세상의 부정적인 감정들이 엉켜져 있는 느낌이다. 이 느낌이 싫다. 머릿속에서 엉켜 썩어서 역겨워진 것이 입 밖으로 나올 것 같아서 입 밖에 나오는 게 너무 끔찍해서 입을 틀어막는다. 역겨운 그것은 나오지 못하자 머릿속에서 요동친다. 이렇게 더럽고 역겨운 것이 감정이라는 이름을 두르고 내 안을 휘젓는 느낌이 토할 것 같다. 감정은 '사람을 죽인 그 남자가 싫고 그 남자의 딸이라는 이유로 날 싫어하는 그 여자가 싫었고 살인자의 자식이라 괴롭힌다는 걔네가 싫다.'라고 계속 외치고 있다. 외치는 그 소리가 뇌에서 어질러진다. 이 상태로 집에 가면 이 기분 나쁜 느낌이 계속된다.

'이 느낌을 끊어 내야 한다.'

부정확한 생각들이 온몸의 감각을 지배한다. 서둘러 집으로 가던 발걸음을 돌려 찻집을 찾았던 첫날처럼 다리를 향해 뛰었다. 이번에는 꼭 뛰어내릴 것이다. 아니 그래야만 한다. 더 이상 숨을 쉬고 싶지 않다. 숨을 쉬게 내버려 두어 주지 않는 세상이 싫다. 숨을 쉬는 행동이 싫다. 그냥 다 싫다. 비가 세차게 내리는 날씨 속에서 계속 뛰다가 고여 있던 웅덩이를 밟고 넘어졌다, 길바닥에서 일어나 넘어진 쪽을 봤다. 웅덩이 안쪽이 맑게 비 오는 세상을 비추고 있었는데 나 때문에, 내가 밟아버려서 흙탕물이 되어 버렸다. 그냥 대수롭지 않게 넘길 일이었는데 워낙 제정신이 아닌지 내 존재 때문에 전부 망해 버렸다고 생각했다. 그렇게 생각하니 집이 그렇게 된 것이 나 때문인 거 같았다. 코에서 미적지근한 액체가 흘러나왔다. 손등으로 닦으니 검붉은 피가 나왔다. 가만히 놔두니 한두 방울 떨어진다. 넘어지는 바람에 교복은 흙탕물을 뒤집어썼고 손바닥은 까여 붉은 기운이 보인다. 죽으러 가는 와중에 넘어진 것도 창피하고 넘어져 생긴 상처를 아파하는 것도 쪽팔린다. 한번 넘어지니 머리가 차가워졌다고 해야 하나 그렇게 어지럽히던 생각들이 가라앉았다. 주변을 둘러보고 저 멀리로 날아간 가방을 들었다. 젖은 흙이 묻은 교복과 가방을 털어내고 집으로 갔다.

현관문을 열고 곧장 화장실로 가서 옷과 가방, 신발

을 모두 빨고 나도 씻었다. 샤워기가 쏟아내는 물을 맞으며 내일 학교에서 벌어질 일을 떠올려 봤다. 오늘 거하게 눈에 흙을 뿌려 댔으니 아마 나를 발견하자마자 책이든 볼펜이든 손에 잡힌 아무 물건이 날아올 것이다. 벌써부터 맞을 생각에 저절로 한숨이 쉬어진다. 그나마 다행인 건 나는 내일 학교 갈 생각이 없다는 것이다. 샤워기를 끄고 화장실을 나오니 내가 걸어 온 흔적이 보인다. 젖은 흙이랑 모래가 섞인 발자국이 현관에서부터 찍혀있다. 걸레 하나를 집어 들고 발자국을 하나하나 지웠다. 걸레를 빨러 화장실에 다시 들어오니 샤워기에 맺혀있던 물방울이 천천히 떨어졌다. 걸레를 다 빨고도 나는 그 떨어지는 물방울을 하염없이 쳐다보았다. 방으로 들어와 침대에 누웠다. 자려고 누운 건 아니지만 피곤했는지 서서히 눈꺼풀이 감겼다, 손이 앞뒤로 쓰라렸지만 밖에 내리는 비를 들으며 누워 있으니 통증이 점점 무뎌졌다. 완전히 눈이 감기니 재깍거리는 시계 소리밖에 들리지 않았다.

　오랜만에, 정말 오랜만에 꿈을 꾸었다. 꿈속에서 나

는 교실 창가에서 친구들과 모여 웃고 떠들고 있었다. 수업 시간에 떠들다가 혼나기도 하고 비 오는 날 친구들과 우산 하나를 나눠 쓰기도 했다. 시험 성적이 잘 나오지 않아서 우울해 있자 친구들과 함께 맛있는 걸 먹기도 했다. 집에 가도 어머니가 상냥하게 웃고 있었다. 따뜻한 저녁밥이 기다리고 있었고 곰팡이가 차지한 벽이 아닌 가족사진이 빼곡하게 있는 집이었다. 그 속에서 행복해 보였다. 꿈속에서 나는 매일 웃고 있었다.

'내가 나한테 열등감이 생기는 이 상황이 웃기네.'

꿈에서 깨어나니 시계는 7시를 가리키고 있고 밖은 해가 떠 있다. 집이 조용해진 걸 보니 나 혼자였다. 거실로 나가 창문을 여니 물기를 머금은 바람이 스쳤다. 하늘을 보니 저 멀리서 검은 비구름이 보였다. 물을 마시러 가다가 실수로 리모컨을 밟아 TV가 켜졌다. 화면에서 뉴스 앵커의 또렷하고 깔끔한 목소리가 들린다, 한반도 그림에 비구름이 빼곡히 차 있다.

"장마로 인해 어제와 같은 날씨가 지속될 것으로 보입니다."

"장마……."

'아까부터 기분 나쁘게 올라오던 습기가 저거 때문이었나 보다.'

장마라는 소식에 벌써 올해의 여름이 시작된 것을 느꼈다. 물을 마시며 리모컨으로 TV를 껐다. 침대로 가 이불을 머리끝까지 끌어 올리고 눈을 감았다.

다시 눈을 떴을 때는 창밖이 어두웠다. 거실로 나올 때 스쳐 가며 본 현관에는 신발이 없었다.

'아직 안 오셨나 보네.'

밖은 비가 내리고 있었다. 아무 생각 없이 잠깐 밖을 나왔다. 주차장 한쪽에서 이삿짐센터라는 글자가 적힌 트럭이 보였다.

'누구 이사 가나.'

굳이 이쪽 동네로 올 사람은 없을 것이다. 얼마 안 가면 나오는 신축 아파트로 이사 가는 거겠지.

우산을 쓰고 주차장 한쪽에 서 있자 짐을 옮기던 여자애가 보였다. 겨우 우비 하나 입고 거센 빗속에서 짐을 옮기는 모습이 좋아 보이지는 않았다. 다시 짐들을 가지러 나오는 그 애는 나를 보고 가볍게 손을 흔들어 줬다. 나는 당연히 내 뒷사람에게 흔들었다고 생각했다.

  사람들 눈에 띄지 않으려고 나무로 그늘진 곳에 있고 내 뒤에는 몇 걸음 안 가서 가로등이 있었으니까. 자세히 보지 않으면 보이지 않을 위치였다.

  겨우 집 앞이었지만 너무 오래 있었나 신발 끝이 젖어 있었다. 스멀스멀 하수구 냄새도 난다.

  '슬슬 들어가자.'

  발걸음을 내디디니 축축하게 젖어 찝찝한 신발에서 물이 흘러나오는 느낌이 났다.

  현관문을 열고 곰팡내가 피어오르는 집에 다시 들어갔다. 장마철이라서 평소보다 냄새가 더욱 심하게 느껴진다. 덕분에 방 한쪽에 걸어 놓았던 교복에서도 냄새가 어렴풋이 났다. 베란다 창문을 열어둬서 베란다 쪽에서는 하수구 냄새가 올라왔다. 이래서 나는 비 오는 날이 싫다. 특히 해가 보이는 날보다 비 오는 날이 더 많은 한여름은 더욱더 싫다. 옷을 말려도 곰팡내가 나는 게 너무 너무 싫다.

  시끄러운 알람음을 들으며 일어났다. 집 안은 아직

시끄럽지 않은 빗소리로 가득 차 있다.

"오늘 학교 안 갈 건데 알람 꺼둘걸."

모처럼 느긋하게 일어날 수 있었지만 알람으로 인해 이미 잠이 다 날아가 버렸다. 어제 아침밥을 먹으려고 냉장고를 열었다. 냉장고 안은 시들어 버린 당근 한 개와 초록색 병 4개가 푸른 조명을 받고 있었다. 초록색 병을 이리저리 위치를 바꿔가며 안쪽에 아직 먹을 수 있는 걸 찾아 보았지만 마땅히 먹을 게 없었다. 냉장고를 닫고 식탁에 놓여있던 지갑 하나를 꺼냈다. 만 원짜리 한 장, 오천 원짜리 한 장, 동전 몇 개와 신용카드 하나. 나는 만 원 한 장과 오천 원 한 장을 얇은 후드 주머니에 쑤셔 넣고 우산 하나를 챙겨 나왔다. 출근 시간이 지난 시간에 나와서 다행히 사람을 마주치지는 않았다. 우산을 펴고 근처의 작은 마트로 갔다. 이 시간 마트에 보이는 사람은 얼마 없다. 마트 직원 몇몇하고 노인 한 분 그리고

'아. 뭐지.'

내 또래로 보이는 여자애 하나가 노인 옆에서 물건을 담고 있었다.

'이사 가지 않았나?'

어제 이사 가는 게 아니었나 보다.

'옆에는 가족인가? 가족이겠지. 얼른 필요한 것만 사고 나와야겠다.'

자동문 옆에 있는 바구니를 잡고 채소 칸부터 둘러보았다. 바구니에 콩나물과 파만 담고 조미료 쪽으로 가려는데 여자애와 눈이 마주쳤다. 후드 모자를 눌러쓰고 있긴 하지만 눈이 마주쳤다. 내가 확신 할 수 있는 이유는 그 애가 나를 보고 내 쪽으로 오고 있다. 발걸음을 돌려도 내 쪽으로 계속 다가오고 있었다.

'왜……. 왜 오는 거지? 왜?'

얼른 뒤를 돌아 다른 곳으로 가려고 발을 내딛자 누가 내 어깨를 잡았다. 순간 놀라 몸이 경직된 상태로 고개만 돌렸다.

"안녕?"

여자애는 당황한 내 얼굴 따위는 안 보인다는 듯 말을 걸어 왔다.

"너 저기 아파트 살지? 나 어제 이사하면서 봤어."

"아……. 그렇구나."

'도망가고 싶다. 얘 나 아니야?'

"근데 너는 학교 안 가? 나는 이사 온 지 얼마 안 돼서 천천히 가라고 그랬는데! 너도 이사 온 지 얼마 안 됐어? 얼마나 됐어?"

'얘 내가 그 사람 딸이라는 거 모르나.'

"너는 여기 뭐 사러 왔어? 나는 어제 이사 와서 간단한 생활용품하고 먹을 거 사러 왔어."

그 애는 내 바구니를 보더니

"너도 먹을 거 사러 왔구나! 너 요리 잘해? 나는 계란프라이 하나 못해서 저번에 프라이팬 태워 먹었는데."

'얘 모르네. 그보다 제발 조용히 지나가 주면 좋겠다.'

콩나물 한 봉지, 파 한 단, 간장 작은 통 하나를 사고 나머지는 전부 라면에 쓰기로 했다.

'근데 왜 쟤는 아직도 내 옆에서 떠들고 있을까.'

내가 가장 싼 라면 봉지를 집어 들자

"어! 너는 그거 좋아해? 나는 그거보다 이게 더 맛있더라!"

옆에 가격이 좀 나가는 라면을 집었다.

'내가 좋아해서 먹는 줄 아나.'

"저기 여기 주변에는 카페 같은 거 없어? 내가 카페를 좋아하는데 집주변에는 다 아파트나 도로 밖에 없어서 너는 나보다 오래 살았으니까. 추천해 줄 만한 데 없어?"

"카페……."

'카페라고 했을 때 왜 그 찻집이 생각났을까. 생각난 김에 오늘 가볼까.'

"응? 뭐라고? 작아서 안 들렸어."

'아. 얘가 있었지.'

"그……. 내가 카페를 잘 안 가서 잘 모르겠어."

"카페를 잘 안 가? 카페 안 좋아해? 우와 나 처음 봤어! 그러면 내가 나중에 좋은 카페 찾으면 나랑 같이 가자!"

"그…… 그래."

그 애는 내가 계산 할 때도 옆에 붙어서 시끄럽게 굴었다. 심지어는 자기는 계산하는 걸 까먹고 나를 쫓아오다가 마트 점원한테 붙잡혀 연신 사과했다. 나는 그 모습에 어이가 없었지만 재밌었다. 왠지 모르게 나는 그 아이를 마트 문 앞에서 기다리고 있었다.

"우와 나 기다려 준 거야?"

"그냥……. 우산 찾고 있었어."

"고마워! 있잖아. 나 너희 집 놀러 가도 돼?"

"우리 집……?"

"응! 지금 집에 가봤자 아무도 없거든."

'아까 같이 있던 분은?'

"너 할머니랑 같이 오지 않았어?"

그 애는 무슨 소리냐는 듯 쳐다보다가 아까 같이 있던 분을 기억해 냈는지

"아! 아까 그 할머니? 그분한테 물어볼 게 있어서. 그래서 집에 초대해 주면 안 돼?"

이 아이와 곰팡이로 가득 찬 벽면이 차지하고 초록색 술병이 나뒹구는 집에 가는 상상을 했다. 현관 근처에는 깨진 거울이 있고 찝찝한 냄새가 나는 그 집에 들어가자마자 여자애는 은근슬쩍 도망갈까. 아니면 대놓고 뛰쳐나갈까.

"음……. 안 될 거 같은데……."

"왜? 어른들이 집에 친구 오는 거 싫어하셔?"

'대충 둘러대려면 그게 제일 낫겠지.'

내가 무슨 이유인지, 머리에서는 분명 거절하려고 했는데. 그냥 수락해 버렸다. 전혀 이해할 수 없었다. 후회할 선택일지는 모르겠지만 나는 그러고 싶었나 보다.

"아니, 괜찮을 거 같아."

그 애는 내 대답을 듣고 어린아이처럼 기뻐했다.

"진짜?! 나 친구네 집 놀러 가는 거 처음이야!"

"그래? 나도 지금 집에 누굴 초대한 건 처음이야."

"내가 첫 번째 손님이 되는 거네?"

마트에서 우산을 챙겨 나오자, 하늘에 가득했던 검은 구름 사이사이에 빛이 들어오고 있었다.

과거 사람들이 왜 신을 믿었는지 알 것 같았다. 신이 아니면 만들어질 수 없을 거 같은 풍경을 우린 넋 놓고 바라보고 있었다.

우리는 집에 가면서도 계속 얘기했다. 처음에는 여자애의 일방적인 수다였지만 조금씩 대답하다 보니 나도 즐거웠다.

"내가 원래 시골에서 왔거든? 거기도 아파트 있고 카페도 있는데 이곳의 카페 어떤지 알고 싶어!"

"너 어디 카페 투어 다니니?"

"카페 투어! 그거 좋다!"

"그래 네가 좋으면 된 거지."

엘리베이터에서 8층으로 가는 버튼을 눌렀다.

'쟤는 몇 층에 사는지 물어볼까?'

내가 물어보기도 전에 그 애는 벌써 얘기를 해주었다.

"너는 8층 사는구나. 나는 5층 사는데. 자주 놀러 가야겠다!"

엘리베이터가 8층에 도착하고부터 손에 땀이 나기 시작했다. 집 안을 보여 줘도

'괜찮을까. 역시 아까 마트에서 거절했어야 했나? 아니 지금 와서 다시 돌아가라고 할 수도 없고. 그냥……. 열자!'

"저기……."

"응?"

"우리 집이 많이 더러울 수 있는데 괜찮아?"

"그쯤이야. 우리 집도 더러워~"

그 애는 장난스럽게 웃으며 넘겼다.

도어락 버튼을 하나씩 누를 때마다 자꾸 괜찮지 않을

거라는 생각이 들었다.

'괜찮다고 했지만 진짜 괜찮지 않을 수도 있는 거잖아.'

나는 땀을 후드에 닦고 현관문을 열었다. 그 애가 충격받은 표정을 볼 용기가 없어서 두 눈을 꼭 감았다.

'왜 아무 말도 없지?'

"뭐야 깨끗한데? 나는 또 가득 찬 쓰레기 봉지로 발 디딜 틈 하나 없는 줄 알았네."

"응?"

"집이 조용하네, 지금 아무도 안 계셔?"

"응? 아. 어……. 일 가셨어."

'반응이 내가 생각한 것과는 다른데?'

"더럽게 안 보여? 저기 곰팡이라던가. 찝찝한 냄새라던가."

"응? 아. 너 저거 때문에 그런 거였어? 저기 우리 집도 그래."

"어?"

얼빠진 표정으로 서 있자 그 애는 뒤로 넘어갈 듯 웃었다.

"ㅋㅋㅋㅋ 저거 우리 건물 전체가 한쪽 벽이 이래. 몰랐어? 그리고 찝찝한 냄새? 원래 장마철 되면 생기지 않아?"

'당연한 거구나…….'

내가 지금까지 초조해하며 고민하게 그냥 당연한 것이었다는 것에 어디 쥐구멍에 숨고 싶어졌다. 그래도 나는 그 당연하다는 말이 좋았다. 다행으로 느껴졌다. 기분이 미묘했다.

"어! 그러고 보니 우리 이름도 모르네? 난 김여은이야. 넌?"

'내 이름 알려줘도 되나……. 혹시…….'

"나는 현시운이야."

"너!"

'알아봤나?'

"이름 되게 특이하다! 나 현 씨도 처음 봤어! 시운이라는 이름도 중성적이지 않아?"

여은이는 내 이름을 듣고 신난 듯 조잘조잘 떠들었다. 나는 그런 여은이의 말을 들으며 찬장 이곳저곳을 뒤지기 시작했다.

'손님 데려왔는데 아무것도 안 주기는 너무하니까.'

찬장을 열고 서랍 속을 찾아봐도 먹을 거는 무슨 아무것도 없었다. 그로부터 내가 먹을 것이 없어서 마트에 갔었다는 것을 깨닫기까지는 얼마 안 걸렸다. 결국 나는 처음으로 초대한 친구에게 라면을 대접하게 됐다.

"미안, 집에 먹을 게 이거밖에 없어서."

식탁 가운데에는 콩나물과 파가 들어간 라면이 놓여 있고 나는 여은이와 마주 앉았다.

"나 라면도 되게 좋아해!"

"응……. 많이 먹어."

나는 여은이와 라면을 먹으면서도 계속 수다를 떨었다. 여은이가 살던 곳은 어떤지 상세하게 듣게 되었다.

"나 그리고 해선시에서도 많이 놀았다. 너는 해선시가 어딘지 모르지?"

"해선시……. 거기가 어디야?"

나는 해선시이라는 말을 듣고 뇌가 멈춘 것 같았다.

"해선시라고 바다 근처인데 바다는 안 보여. 지도로 보면 바로 옆인데. 원래는 치안 되게 좋았는데 우리 어렸을 때 무슨 일 있었대!"

"아……. 그렇구나."

심장이 미친 듯이 쿵쾅거린다. 점점 여은이의 말소리보다 내 심장 소리가 더 커진다. 제발 들리지 않기를 빌면서 지금 이 상황을 빠져 나갈 궁리를 하고 있다.

'얘가 거길 왜 알지? 그보다 떠보는 건가, 이름이 특이하니까. 정확히 알아보려고? 일부러 접근한 건가. 그 예전에 기자들처럼 맨날 이상한 말로…….' 지금 머리가 제대로 돌아가는지 모르겠다. 배 속이 부글거린다. 안쪽에 엉키면 안 되는 것들이 다시 엉키려고 한다. 점점 귀가 먹먹해진다. 그때 나를 깨우는 소리가 들렸다.

"시운아!?"

"어! 왜?"

여은이는 당황스러운 얼굴로 나를 보고 있다. 아랫배 쪽이 아직도 뜨겁다. 식은땀으로 등이 젖어 가고 있다.

'지금 날 왜……. 부르지? 진짜 알고 있나?'

떨리는 손을 꽉 잡으며 여은을 봤다.

"너 아래에……."

"어?! 아래에?"

"너 앞 접시에 있던 라면 다 흘렸어!"

"그게 무슨……."

나는 욱신거리는 아래를 보았다. 내 후드 위에 라면이 어지럽게 엎어져 있었다.

'아까 뜨거운 건 그냥 라면을 엎어서인가.'

"너 괜찮아?"

"응……."

시계가 재깍거리는 소리에 귀를 기울였다. 힐끔 시계를 쳐다보았다. 아직 어머니가 올 시간은 남았지만 빨리 여은이를 여기서 내보내는 게 좋다는 판단을 내렸다.

"여은아……. 미안하지만 이만 갈 수 있을까? 부모님이 오실 시간이라서……."

여은이는 떨떠름한 표정을 지었지만 내일 보자는 인사와 함께 사라졌다. 나는 여은이가 나가는 뒷모습을 웃으며 지켜봤다. 내 얼굴에서 입꼬리가 점점 내려갔다. 표정이 점점 어두워졌다. 곧장 라면 냄비를 싱크대에 처박았다. 싱크대는 먹다 남은 라면으로 더러워졌다. 뜨거운 라면 국물로 더러워진 옷들도 세탁기에 넣었다. 화장실 거울 앞에서 국물이 엎어진 자리도 괜찮은지 확인했다. 라면 국물 자리 그대로 피부가 붉어져 있다. 붉어진 자리에 손으로, 찬물로 젖은 수건을 올렸다. 욱신거리는 느낌이 가실 때쯤 젖은 수건도 세탁기에 던졌다. 아까 대화를 토대로 앞으로 여은이를 정리했다. 내가 더 같이 있을 수 있는지 없는지.

'대충 들어보니까 내가 그 사람의 자식인 건 모르는 거 같고 그건 학교 가면 당연히 알려질 사실이다. 앞으로 3일은 학교를 안 간다고 했으니까. 3일 안으로 정리해야겠네. 그래도 혹시 여은이라면 내 옆에 있어주지 않을까.'

이번에는 혹시 모른다는 기대감을 품으며 잠에 들었다.


우중충한 날씨로 하루를 시작했지만 작은 기대감을 품고 있다. 지난 이틀 학교가 끝나면 여은이를 만났다. 여은이를 만나는 동안 즐거웠다. 또래 친구와 노는 건 즐거웠다. 여은이랑 만나는 시간이 저절로 기다려질 정도로. 그래서 나는 여은이에게 기대를 걸었다.

'확신할 수 없지만 그 애라면 괜찮다고 해줄지 몰라.'

늘 나오던 이른 등교시간 그 끔찍한 학교에 가는 건 싫지만 오늘은 무엇을 하고 놀까 고민하며 걸으니 저절로 웃음이 났다. 교문이 보일 무렵 나는 우산을 두고 왔다는 걸 깨달았다.

'그래도 괜찮겠지. 여은이랑 보내는 시간이 줄겠지만, 그 애라면 괜찮을 거야.'

나는 교실에 들어가 자리에 앉자마자 그동안 친구와 해보고 싶었던 걸 적어나갔다.

'같이 보드게임도 해보고 여은이가 카페를 좋아하니까, 카페도 같이 가도 되겠다. 조금 멀리 떨어진 곳으로. 그리고 여행도 같이 가고 짧게라도 가보고 싶은데. 산보단 바다가 낫지. 또…….'

그렇게 하나둘 채워나가니 양이 꽤 됐다.

'천천히 하면 되지.'

열심히 적은 노트를 덮으니 교실 밖에서 애들이 오는 소리가 들렸다. 발걸음이 가까워지자 얼른 책상 위에 엎드렸다. 그리고 눈을 감았다.

'내일이면 여은이도 학교에 오니까 오늘 저녁쯤에 얘기하면, 그때면 될 거야. 내가 먼저 말해야 해.'

그렇게 결심을 서니 나를 깨우는 소리가 들렸다.

"다들 자리에 앉고 저기 자는 애 깨워라."

아무도 깨우려 하지 않았다. 닿는 것조차 꺼려 하는 그런 애니까. 나는 그냥 혼자 일어났다. 의미 없는 조회 시간, 딱히 학생들에게 관심 없는 담임, 애들이 조용히 떠들기 좋았다. 내 앞자리에는 오늘도 빠짐없이 출처도 모르는 소문을 가지고 떠들고 있다.

'아침마다 저렇게 떠드는 게 지치지도 않나.'

이상한 소문만 듣고 와서 떠드는 게 신기했다. 원래라면 무시하고 다음 과목을 준비하겠지만 전학이라는 단어가 들리자 무시할 수 없게 된다.

"너 그거 들었어? 우리 전학생 온대."

"3주 뒤가 기말고사인데? 지금? 왜 온대?"

"몰라, 그냥 온다는 소리만 들었어."

"언제?"

"오늘."

오늘이라는 소리에 여은이가 아닐 확률이 높았다.

'이 시기에 둘이나 온다고? 뭐 여은이는 내일부터 학교에 온다고 했으니까. 아닐 거야.'

아니라는 생각을 굳혔다. 조회 시간이 끝날 때쯤 되니 담임 눈치 따윈 안 보고 떠들어 대는 애들이 점점 늘어났다. 담임은 신경 쓰지 않는다는 듯 빠진 애들이 없나 대충 훑어보고 말을 덧붙였다.

"4반에 전학생 왔다고 보러 가지 말아라. 괜히 들어갔다가 걸리면 너네도 골치 아파."

당연히 저 말을 들을 애들은 없었다. 다들 몇 교시쯤 가야 볼 수 있을까, 전학생이 남자인지 여자인지 그 얘기들뿐이다.

"전학생 남자야, 여자야?"

"여자임. 내가 교무실 지나가다 봄."

'여자? 설마……. 내가 생각하는 게 맞겠어?'

앞자리 애는 자기 친구를 더 모으더니 전학생에 대해 떠들었다.

"이름도 알아?"

"잘 기억은 안 나는데. 김 여운? 여은? 비슷한 거 같던데"

"잘 보지 그랬냐."

"알아 와도 난리야."

'내 귀가 이상한가보다. 어떻게 저 이름이 여기서 나오지? 내가 날짜를 착각했나? 내일이 아니라 오늘이었나?'

머릿속이 너무 혼란스러웠다. 분명 내일이라고 들었던 여은이의 등교가, 오늘일 리가 없다고 확신했던 그날이 오늘이었다. 그러면 이미 내 소문을 들었다. 내가 말하기 전에 들을 수밖에 없을 거다.

'저녁에 말하기에는 너무 늦어. 그렇다고 지금 가서 다 말해버리기에는 여은이도 당황스러울 거고 다른 애들이 여은이까지 피할지 몰라.'

불안감에 손톱으로 손끝을 뜯었다.

'그래도 그 애라면 괜찮다고 생각할 거야.'

괜찮을 거라는 생각에 목 끝까지 차올랐던 불안감이 천천히 내려온다. 전부 사라진 것 아니지만 그래도 손끝을 뜯던 손은 멈출 수 있었다. 크게 심호흡을 하고 교과서를 꺼냈다. 꺼낸 교과서에는 검붉은색으로 쏠려있는 자국이 보였다. 쏠린 자국의 출처를 찾으려 서랍 안쪽을 봤지만 어디에도 찾을 수 없었다. 혹시 몰라 손끝을 확인했다. 아까 뜯은 탓인지 손끝이 붉은 피로 범벅이 되어 있었다. 휴지를 찾아 손끝을 꾹 눌렀다. 이미 범벅이 된 피만 지워지고 다른 출혈은 없었다. 손끝에 남은 피를 다 닦고 교과서를 펼쳤다. 몇 장 넘기다 엄지손가락이 쓰라리기 시작했다.

'오늘 계속 피를 보네.'

나는 다시 휴지를 꺼내 피를 닦아냈다. 계속 피를 보니 느낌이 안 좋았다.

'이 불안감을 떨치려면 역시 확인해야겠지. 4반이라고 했나?'

볼펜을 돌려가며 어떻게 해야 할지 고민했다.

'내가 가서 말할까? 그렇게 말해서 안 멀어진다는 확신은? 그래도 그 애를 믿고 싶은데. 믿는다고 하고 나랑 다니면서 들을 비난이나 따돌림은? 내가 그걸 막아 줄 수 있어? 아니, 나 하나 안 되는데 둘이 될 리가.'

같은 고민을 계속 반복하다 보니 어느새 수업이 끝났다. 수업의 끝을 알리는 종이 치자마자 나는 곧장 4반 앞으로 갔다. 복도를 걸으면서 혹시 여은이가 있나 찾아봤지만 없었다. 아직 전학온 지 얼마 안 돼서 반에만 있는 것 같다. 주변에서 수군거리는 소리가 들렸지만 무시했다. 지금 중요한 건 저런 소문 따위가 아니다. 4반 교실 뒷문 앞에 서서 크게 심호흡을 했다. 내가 문을 열기 위해 손을 뻗은 순간 내가 잡기도 전에 문이 열렸다. 나는 크게 놀라 몸을 뒤로 뺐다.

"어? 너 여기서 뭐해. 시운아."

여은이가 해맑게 웃으며 나를 맞이했다. 여은이는 아무도 모르는 곳에서 아는 얼굴을 만나 기뻐 보였다. 얼른 주변 시선을 신경 썼다. 겨우 인사 한 번 했다고 이상한 말이 오가는 건 아니겠지만 여은이가 먼저 나를 아는 척했다. 그리고 나는 애들이 가장 기피하는 사람. 이상한 소문이 나기는 충분한 명분이 생겼다. 다행히 자기들끼리 떠드느라 여기에는 관심이 없었다. 나는 여은이를 이끌고 사람이 적은 곳으로 갔다. 끌려가는 와중에 여은이는 여기가 어디냐며 신기하게 살폈다.

"네가 아침에 안 찾아와서 방금 찾으러 가려고 했는데. 우리 통했네? 여기 건물이 신기하다. 교실이 생각보다 넓어서 놀랐어!"

여은이는 지금 아무 생각이 없어 보였다.

'그래, 원래 이런 애잖아.'

그 애가 내 앞에서 이렇게 해맑게 떠드는 걸 보니 다행히 못 들었나 보다. 내가 말하기 전에 알지 못해서 다행이었다. 나는 그런 여은이와 2교시 시작종이 울릴 때까지 떠들었다. 이 학교에서 이렇게까지 말한 건 처음이었다. 종이 울리자 아쉬워 보이는 여은이를 끌고 4반 앞에 데려다주었다. 나도 얼른 교실로 들어갔다. 다행히 아직 담당 선생님이 오시기 전이었다. 아침에 적은 노트 페이지를 다시 보며 꼭 하겠다고 다짐했다.

점심시간 종이 울리고 다들 밥 먹으러 가기 바쁘다. 오늘도 간단한 간식으로 때우려고 했지만 여은이가 생각나 가방 속에서 손을 뗐다. 처음으로 급식실을 찾아갔다. 급식 실은 ㄴ자로 꺾여있었다. 기둥이 몇 개 있어 잘 안 보이는 자리가 몇 개 있었다. 급식실 안쪽에 여은이는 없었다. 일부러 사람이 잘 안 오고 잘 보이지 않는 자리에 앉았다. 아마 애들은 내 앞에 있는 기둥만 보일 것이다. 애들이 급식이 맛이 없다고는 했지만 그래도 입맛의 차이일 수 있으니까 기대 반 걱정 반으로 첫 숟가락을 떴다. 처음 먹는 급식의 맛은 이상했다. 맛이 없다는 건 아닌데 그렇다고 맛있다는 생각은 안 들었다.

'그냥 배를 채우기 위해 먹는다 정도. 이럴 줄 알았으면 간식으로 배를 채울걸.'

작은 후회가 떠밀려 왔지만 그냥 먹었다.

'밥을 먹을 생각이었지만 여은이랑 같이 먹으려고 왔던 거니까.'

"야!"

갑자기 부르는 소리에 화들짝 놀랐다. 숟가락을 들고 있었다면 분명 떨어트렸을 것이다.

"왜 너 혼자 먹어?"

여은이였다.

"너 친구 없어? 아니면 같이 먹는 친구가 오늘 학교 안 왔어?"

"응, 오늘 걔가 아프다고 안 왔어."

같이 먹는 친구가 있을 리가 없었다. 나랑 말 섞는 애가 없기도 하고 급식실도 처음 온 것이었다.

"그래? 그럼 나랑 같이 먹자! 여기 급식은 맛있어? 예전 곳은 맛이 없어서."

여은이는 밥을 먹는 와중에도 말이 멈추지 않았다. 이렇게 말하는데도 식판의 급식은 여전히 줄고 있어서 신기했다.

'어째 먼저 온 나보다 여은이가 더 빨리 일어나네.'

"천천히 먹고 나와! 나 먼저 교실에 가 있을게. 다 먹고 우리 반 앞으로 와!"

내 대답을 듣기도 전에 여은이는 저 멀리 갔다. 자기 말만 하고 가는 여은이의 뒷모습을 보며 헛웃음이 나왔지만 기분 나쁘지는 않았다. 여은이랑 먹으려고 급식실에 왔으나 여은이는 먼저 가버렸다. 딱 배고프지 않을 정도만 먹고 나머지는 버렸다.

4반으로 가는 길 저 멀리에서 여은이가 보였다. 나는 여은이를 부르려 입을 열었다.

"여!"

여은이 옆에 아침까지 나한테 볼펜을 던지던 애가 있다. 가던 발걸음을 멈추고 둘이 계단을 내려가는 것을 보았다. 당황스러움이 가시기 전에 불안감이 해일처럼 덮쳤다.

'여은이를 괴롭히려고 데리고 간 걸까? 아까 같이 밥 먹는 모습을 봐서 그런가?'

나는 차마 따라갈 수 없었다. 가더라도 할 수 있는 게 하나도 없었다. 내가 가서 괴롭히지 말라고 하면 들을 애들인가. 오히려 좋다고 밟아댈 것이다. 생각을 끝마친 나는 비겁하게도 뒤를 돌아 반으로 도망쳤다. 달리지는 않았으나 바닥만 보고 걸었다. 나는 아무것도 보지 못했다. 떨리는 두 손을 꽉 잡았다. 반에 도착하자 되지도 않을 후회를 했다.

'나 때문에 끌려간 건데, 나는 그냥 도망쳤어. 한심하고 비겁해. 여은이도 분명 후회할 거야. 왜 친구 하나, 아니 친구도 아니지. 아무것도 모르고 나랑 밥 먹었다고.'

그 애들한테 밟히던 얼마 전이 생각났다. 등골이 오싹해졌다. 어떻게든 진정하러 애쓰니 수업종이 쳤다. 그 뒤로 여은이를 만나러 가려고 했으나 전부 이동수업이라서 만나러 갈 수 없었다. 학교가 끝났다. 교문 근처에서 여은이를 기다렸다. 기다리는 내내 초조해서 주변 돌멩이를 찼다. 하나둘 전부 차버려서 없어질 때쯤 여은이가 보였다. 내 걱정과는 다르게 여은이는 점심에 만났던 그 모습 그대로였다. 나는 속으로 안심하며 여은이를 불렀다.

"여은아!"

여은이는 평소와 비슷하게 나를 맞이했지만 다르다. 은근히 나에게 멀어지는 느낌이 확실히 들었다.

"저…… 여은아."

"말 끊어서 미안한데. 너 나랑 얘기 좀 하자."

그 얘기라는 것이 예상이 갔기에 떨리는 몸을 최대한 숨겼다. 그 상황에서 뭐라고 말을 해야 할지 몰라서 묵묵히 따라갔다. 여은이는 머리가 아픈 듯 머리를 짚고 천천히 입을 뗐다.

"내가 들은 이야기가 있거든? 물론 내가 들은 이야기이긴 한데."

"내가……. 내가 다 설명할게."

"너. 살인자 자식이라면서."

순간 등골이 오싹해지면서 날 덮쳤던 해일에서 벗어나지 못하고 있다. 긴장 때문인지 손이 젖어갔다.

"살인자 자식인데 어떻게 그렇게 다니고 있어? 피해자나 피해자 가족들한테 미안하지 않아? 아니 애초에 왜 말을 안 했어? 말했으면 내가 살인자 자식 따위랑 마주 보면서 밥 먹지 않아도 됐잖아."

"아니……. 그게…….."

내 눈앞의 애는 내가 다가가자 뒤로 한걸음 물러갔다.

"나한테 다가오지 마. 말 걸지도 말고. 역겨워."

그 아이는 계속 물러나며 나를 경멸하고 있었다. 내가 살인자의 자식이라는 이유만으로. 뒤통수가 얼얼했다. 예상하지 못한 건 아니다. 그럼에도 내가 땅 밑으로 꺼지는 기분이 드는 건 그 애한테 걸었던 기대가 훨씬 크기 때문이다. 손끝을 뜯고 있었는지 손가락에 끈적끈적한 느낌이 들었다. '어째서 여럿한테 밟혔을 때보다 더 아픈 것 같지? 말이 안 되잖아. 쟤는 한 명이고 그때는 적어도 넷은 넘었는데.'

눈시울이 뜨거워진다. 점점 시야도 흐릿해졌다가 뺨에 흐르는 느낌이 들자 다시 또렷해지고 있다. 예전에도 이 느낌을 받은 적이 있었는데 그게 언제인지 모르겠다. 움직이기 싫다. 여기서 더 이상 살기 위해 쉬는 숨도 다 끊어버리고 싶다. 눈물로 범벅이 돼서 그런지 눈앞이 어지러웠다. 머리도 아파지고 귀도 멍해졌다. 그냥 멍해졌다. 아무도 없는 차가운 바닷속에 들어가 있는 느낌이다. 손끝에서 흐르는 피는 멈출 줄 몰랐다. 여전히 끈적한 손을 꽉 쥐었다가 다시 놓았다. 코에서 미적지근한 액체가 흘러나왔다. 코에서 흘러 점점 아래로 내려오다가 살짝 벌어진 입에 흘러 들어왔다. 입안에서 비릿한 맛이 감돌았다.

'아. 또 코피야.'

손으로 막을 수 없어서 고개를 확 뒤로 젖혔다. 눈앞이 흐릿해도 비 한 방울 내리지 않는 잿빛 하늘이 보였다. 고개를 젖혀서 목에서도 피 맛이 났다. 이렇게 피가 넘어가다가 기도에서 굳어버렸으면 좋겠다. 손으로 엉망진창으로 망가진 얼굴을 문질렀다. 손끝에 흐르던 피는 굳었는지 얼굴에 피가 묻는 느낌은 없었다. 저번에 입은 화상이 쓰라리고 욱신거렸다. 아랫배 쪽 교복을 꽉 움켜쥐었다. 흘러내렸던 가방끈 한쪽을 고쳐 매고 찻집 쪽으로 갔다. 무슨 생각으로 갔는지 모르겠다. 다시 생각해 보면 눈을 감았다 뜨니 찻집 근처였다. 첫날 뛰어내리려던 다리가 생각나서 그쪽으로 향했다. 왜 가는지 기억이 안 난다. 그냥 아무 생각이 없다. 걷는 와중 아까의 코피가 신경 쓰였다. 분명 이상하게 보일 것이다. 더러운 손으로 코 주변을 쓸어내렸다. 피가 검게 굳은 손바닥 위에는 더 이상 흐리지 않고 말라버린 피딱지가 보였다. 코 안쪽에 이상하게 피가 굳었는지 숨을 쉴 때마다 바람 빠지는 소리가 났다. 손에 있는 피딱지를 주변 잔디에 버렸다. 어느새 도착한 다리 위에서 강물을 바라보며 멍하게 있었다.

'저기 빠지면 어떻게 될까.'

처음에는 허우적거리다가 괜히 힘 다 빼서 가라앉을 것 같다. 코로 물이 들어와서 코부터 아플 것이고 입으로도 물이 들어올 것이다. 폐는 예민하다고 들었던 것 같다. 그럼 물 한 방울만 들어가도 아파서 기침을 할 거고 점점 차오르면 그때가 되면 점점 통증이 사라질 때가 될 것이다. 손끝에서부터 천천히 몸이 차가워지고 운이 좋으면 강 위에 뜨거나 강가에서 발견되겠지. 운이 좋지 않으면 그냥 가라앉아서 찾지도 못하는 거고. 나는 죽게 되면 후자가 될 것 같다는 상상을 해봤다. 지금은 뛰어내릴 정신도 체력도 없는 상태다. 강물을 바라보며 멍청한 생각만 할 뿐이다. 강물에 반사되는 햇빛이 눈이 부셔 눈을 잠깐 감았다. 내가 눈을 다시 떴을 때는 찻집 문을 열었다. 언제나처럼 인사하는 사장님이 보였다. 웃으며 인사하는 사장님을 향해 가볍게 고개만 끄덕였다. 평소라면 입꼬리가 살짝 올라가며 인사했겠지만 지금은 도저히 인사할 만한 기분이 들지 않았다.

"오늘 기분이 안 좋은 일이 있으셨나요?"

나에게 미지근한 물수건을 건넸다. 지금 내 꼴이 말이 아닌가 보다. 나는 아무 말 없이 물수건으로 피가 묻은 곳을 닦았다. 코밑, 손끝, 손바닥 닦다보니 흰 수건은 어느새 검붉어졌다.

'더러워졌네. 나 때문에.'

내가 부스럭거리는 소리를 제외하면 찻집 안은 조용했다. 당연히 말을 걸 거라고 생각했던 사장님도 조용히 지켜보기만 했다. 피범벅으로 온 것에 적잖게 충격을 받은 모양이다. 어색함이 감도는 공간에서 벗어나려 입을 열었다.

"죄송해요."

아무 말 없는 사장님의 경멸이 두려워 눈을 마주치지 못한 채 이어갔다.

"제가 그 어쩌다 보니 이렇게……."

내 앞에 조용히 따뜻한 차 한 잔이 놓인다.

"말하기 힘들면 안 해도 괜찮아요."

앞에 놓인 찻잔을 입에 가져갔다. 혀에 닿기 전에 코끝에 복숭아 향이 지나갔다. 찻물은 은은한 단맛이 났다. 입안에서 오래 남아 가는 복숭아 향을 즐겼다. 처음 마셔보는 차향이 아니었다. 더듬더듬 기억을 떠올렸다. 지금과 비슷한 상황이 아니었지만 감동은 그때와 비슷했다.

"제가 아까 친구한테 큰 실수를 한 것 같아요."

"원래 사람은 살면서 많은 실수를 해요. 그 실수 때문에 후회도 하며 살아가지요. 그 실수를 후회하시나요?"

"하는 것 같아요."

"그럼 그때로 돌아가면 다른 선택을 하고 후회 따위는 안 할 자신이 있으신가요?"

그때로 돌아가서 후회 안 할 선택을 할 수 있나? 그 아이와의 첫 만남부터 떠올렸다. 그간 지낸 날들을 돌아보았다.

"처음부터 만나지 않아야 후회를 안 할 거 같아요."

그 아이와 나는 처음부터 잘못된 것이다.

'그때 만났을 때 내가 도망가야 했어. 마트에서 말을 걸었을 때 무시하고 지나갔어야 했는데 되지도 않는 욕심을 부려서 이렇게 된 거야.'

"그런 만남도 있는 거죠."

나는 조용히 앞에 놓인 차를 다시 마셨다. 후회도 그 아이와의 기억도 다 쓸려 가버렸으면 좋겠다. 더 이상 찻잔에 아무것도 남지 않자, 몸과 마음이 살짝 개운해졌다. 내 기분이 나아진 것을 눈치챈 사장님은 평소처럼 웃으며 소소한 주제를 던졌다. 아까보다 가벼운 마음으로 있던 나는 얘기하며 슬며시 입꼬리가 올라갔다. 얼마 지나지 않아 카페 문이 열리는 소리가 들렸다.

딸랑

익숙한 종소리다. 소리가 난 쪽으로 시선을 돌리니 낯선 실루엣이 보였다. 새로운 손님이겠거니 싶었는데 이상하게 익숙했다.

'어디에서 봤나? 여기 이사 와서는 아니었던 거 같은데.'

약간 처진 어깨가 젖어 있었다. 나랑 관계없는 사람

이라고 느낀 나는 사장님을 돌아보았다.

사장님은 그 여성을 본 채 얼어 있었다. 분명 웃고 있는 얼굴이지만 초조함과 불안감이 뒤섞여 불편해 보였다. 저렇게 해맑고 세상 착하게 다니는 사람도 불편한 사람이 있다는 것이 신기했다. 사장님을 빤히 쳐다보자 시선을 느낀 건지 다시 나를 돌아봤다. 사장님답지 않게 어색해하며 손님을 자리에 안내했다. 늘 그랬듯이 내 근처로 안내할 줄 알았는데 나랑 떨어진 곳으로 손님을 안내했다. 나는 비워진 찻잔을 만지작거리면서 손님을 훑어봤다.

'익숙한 느낌이 들어서 어디선가 봤을 텐데. 어디에서 본지 기억이 없네.'

차가워지던 찻잔이 다시 따뜻해졌다. 따뜻해진 느낌에 찻잔을 내려다보니 찻물이 채워져 있었다. 어느새 내 앞으로 온 사장님이 채워 주셨다. 웃는 얼굴이 굉장히 어색해 보였다.

이번에는 저번에 봤던 검은 코트를 입은 남성이 들어왔다.

'한여름인데 안 덥나.'

어색하게 웃는 사장님 얼굴이 이상한지 계속 쳐다보다 손님 쪽을 보더니 알겠다는 듯 물기가 덜 털린 우산을 들고 카페 안쪽으로 들어갔다. 저번부터 느꼈던 궁금증을 못 참고 물어봤다.

"저번에 오셨던 저분은 누구예요?"

"아."

살짝 고민하는 듯 보였다,

"동업자예요."

'뭐지? 지금까지 일하는 거 사장님 밖에 못 봤는데?'

동업자라는 말에 더욱 의문이 풀리지 않고 있는데 아까 손님과 눈이 마주쳤다. 나는 빨리 눈을 피했다. 등꽃 향에 익숙해져 의식조차 못 하고 있었는데 찻집 천장의 등꽃은 내가 찻집을 다니면서 등꽃이 진 날이 없었다.

'원래 등꽃이 사계절 내내 피나?'

새로 생긴 궁금증을 사장님께 물어보려는데 손님이 내 어깨를 강하게 잡아 내 얼굴을 확인하셨다.

"너, 혹시 해선시 살인사건이라고 아니?"

내가 모른다고 대답하기도 전에 당황스러움이 먼저

스쳐 갔다. 손님은 내 당황스러움을 보고 의심이 확신으로 바뀌었다. 그 여성은 어이없게 웃으면서 나를 밀쳤다. 쾅 소리가 나며 의자와 함께 넘어갔다. 사장님은 멍한 채 그 자리에서 얼어버리셨고 여성은 나에게 달려들었다.

"너. 너! 걔지? 너 나 알잖아? 어!"

"그…… 그게 무슨 말씀인지 잘……."

"너 걔잖아. 현우식 그 새끼 딸년 아닌가? 많이 컸네. 어렸을 때 보고 본 적 없어서 처음 봤을 때는 못 알아봤잖아. 어?"

그 이름을 여기서 들을 줄 몰랐다. 입 밖으로 내뱉고 싶지 않은 이름을 다른 곳도 아니고 유일하게 쉴 수 있던 이곳에서 들어버렸다. 누가 뒤통수를 후려갈긴 것 같았다. 바닥에 넘어질 때 머리를 맞았나? 그런 게 아니면 설명되지 않는 두통이 머릿속을 휘젓고 있다.

그 여성은 증오와 분노, 절망이 담긴 채 날 죽일 듯 보고 있었다. 넘어트린 것만으로는 안 되는지 내 멱살을 자고 흔들었다.

"내가! 내가 그 새끼가 우리 애 그렇게 죽이고 깜빵

보내는 것도 시원치 않아서 그 새끼 딸년도 제발 죽게 해달라고 빌었는데. 우리 애는 그렇게 보냈는데 왜 넌! 넌! 왜 살아있는 건데!"

여성의 헝클어진 머리카락이 내 얼굴 주변을 감쌌다. 머리카락 때문에 주변이 보이지 않아 여성과 나 단둘만 남아있는 것처럼 보였다. 긴장 때문인지 불안 때문인지 모르겠지만 심장 소리가 내 귓가에 맴돌았다. 요동치는 심장 소리 때문에 속에서부터 무언가 올라와 전부 뱉어 내고 싶은 심정이었다. 이런 상황을 전혀 생각하지 못했던 건 아니었다. 한 번쯤은 볼 수도 있겠다고 생각해서 만나자마자 머리 숙이며 연신 사과해야겠다고 결심했었다. 근데 내 눈앞의 여성은 사람이 이렇게까지 망가질 수 있나 싶을 정도로 망가져 있었다. 여성이 오른손을 높이 들었고 때리는 소리가 가게 안을 채웠다. 왼쪽 뺨이 얼얼하다. 볼 안쪽 살에서 피 맛이 감돌았다. 눈가가 뜨거웠다. 볼에 차가운 물방울이 떨어졌다. 내 것인지도 모르는 물방울이 기이하게 섞여 뺨을 타고 흐르니 느낌이 이상했다.

"죄, 죄송합니다. 제, 제가,"

"죽어!"

"죄, 죄송"

"그냥 죽으라고!"

울어서 잠긴 목소리가

"네가 사과해 봤자 내 딸이 돌아와? 그러니까 너도 죽으라고! 죽어!"

머릿속에서 이상하게 요동친다. 여기서 빠져나갈 방법 따윈 없다. 내 앞에서 울부짖는 소리를 그냥 곧이곧대로 받아들여야 한다. 받아들이는 것은 끔찍하고 경멸스러우며 이 감정들을 입 밖으로 내뱉을 수 없는 내 처지가 한심했다. 숨을 크게 들이쉬었으나 한심한 나는 그것조차 제대로 못 해 헉헉거리고 있다. 폐에 공기가 채워지는 느낌이 들지 않는다. 감각을 어느 한 곳에 집중하고 싶었으나 귓가에서 요동치는 심장 소리가 제 것이 아닌 듯했고 혼자 세상에 분리되며 땅속 저 밑바닥으로 끌려가는 느낌이 들었다. 벗어나려 발버둥 치는 손끝이 떨렸다. 눈을 어디에 두어야 할지 몰라 주변을 두리번거리고 있다. 여성의 형체를 내 눈에 담고 싶지 않았다. 점점 망가지는 여성을 보면 잊고 싶던 기억에 영원히 사라져 버렸으면 좋겠는 기억에 잠식될까 봐. 아주 깊게 숨겨놨던 기억이 스멀스멀 올라왔다. 몇 개월 전까지만 해도 악몽으로 찾아왔으며 몇 년 전에는 지나가는 사람들만 봐도 떠올렸던 기억이다.

   어렸던 난 그때 아무것도 몰랐다. 원래도 자주 집에 오지 않던 아빠였고 엄마도 그런 아빠를 달가워하지 않았다. 모든 사람이 다 이렇게 사는 줄 알았다. 그나마 엄마는 다정했던 것 같다. 처음 초등학교에 들어갔을 때는 집보다 학교가 더 좋았다. 집에 가봤자 늦게 들어오는 엄마나 집에 잘 들어오지 않는 아빠를 기다리는 것보다 또래 친구들과 같이 있는 편이 훨씬 나았으니까. 그때는 밝고 활발해서 친구도 꽤나 있었다. 늦게까지 놀지는 못해도 잠시나마 조용하고 어두운 집을 벗어 날 수 있는 작은 피난처는 되었다. 그리고 모든 집이 우리 집 같지 않다는 것도 처음 알았다. 길고 긴 첫 겨울방학이 시작할 때 무슨 일인지 오는 날도 아닌데 아빠가 집에 왔다. 갑자기 찾아온 아빠를 엄마와 나 모두 썩 반기지는 않았으나 그래도 가족이니까. 그

날 저녁은 밖에서 먹었다. 지금이야 무슨 음식인지, 맛은 있었는지 기억은 없지만 나름대로 즐거웠던 것 같다. 그로부터 얼마 되지 않고부터 아빠가 집에 자주 들렀다. 2주 간격으로 몇 번 안 왔던 아빠가 자주 오가니 다른 가족들처럼 우리도 진짜 가족이 된 것 같은 기분이었다. 어떨 때는 나보다 아빠가 먼저 와있었고 엄마랑 같이 들어오는 날도 있었다. 아빠가 오는 날은 다른 날보다 일찍 잠들었다. 덕분에 잘 때마다 가족끼리 어디 놀러 가는 꿈도 꾸었다. 꿈에 나온 걸 현실에서도 직접 해보고 싶어서 공책 같은 곳에 적어두기도 했다. 어느 날은 너무 잠이 안 와서 자는 척을 해봤다. 눈을 감고 엄마가 나갈 때까지 기다렸다가 다시 일어났다. 들킬까 봐 이불 속에서 조용히 인형이랑 놀았다. 인형이랑 노는 것도 지쳤을 때쯤 방 밖에서 큰 소리가 났다. 무언가 넘어지는 소리도 났고 누가 우는 소리도 났다. 나는 다른 집에서 나는 소리나 귀신인 줄 알고 벌벌 떨면서 얼른 자려고 했다. 설마 그게 우리 집에서 나는 소리인 줄은 꿈에도 몰랐다. 근데 그것도 매일매일 들리기 시작하니 궁금했다. 위층 집에서 사람이 나오나, 본 적이 있었는데 다른 주민들 말로는 우리 집 위층은 비어 있다고 했다. 그럼 귀신인가 싶어서 애들과 무서운 이야기를 나눌 때 써먹었었다. 본적도 없이 소리만 들었는데도 믿는 친구들이 있었다. 근데 안 믿는 친구들은 직접 보고 오라고 타박하기도 했다. 나도 귀신이 궁금했었다. 그래서 아빠가 오는 날 자는척하고 살짝 열린 방문 틈 사이로 지켜봤다. 소파에 암울한 표정인 아빠가 있었다. 엄마는 화를 내며 소리치고 있었고 주변 화분이나 깨질만한 것들은 전부 바닥에 깨진 채 어질러져 있었다. 악몽인 줄 알았다. 나쁜 귀신이 나한테 악몽을 꾸게 하는 거라고 현실이 아니라고 되새기며 울고 울다가 결국 지쳐 잠든 밤이었다. 믿을 수 없어 확인하고 확인했지만, 결과는 비슷했다. 그 뒤로 나는 무서운 이야기를 나눌 때마다 그 이야기는 입에 올리지 않았다. 부모님은 지금까지도 내가 알아차린 걸 모른다. 알아차린 당일 나는 언제나처럼 해맑게 웃고 다녔고 원래부터 아이에게 관심 없던 어른들이기에 알 수가 없었다. 내가 속상해도 괜찮다며 웃고 남들이 피해 보지 않도록 웃었다. 싸우는 이유가 나였으니까. 그렇게 계속 웃다 보면 여름방학이 시작한다. 여름방학에도 친구들과 놀고 다녔지만 그날은 날이 너무 더워서 집에서 혼자 놀고 있었다. 밖에는 아빠가 거실 소파에 앉아 초조해 있었고 어린 나는 그걸 알아차리지 못했다. 시곗바늘이 12시를 가리킬 때쯤 조용한 집에 초인종 소리가 들려왔다. 아무도 대꾸하지 않자 다시 한번 초인종 소리가 들려왔다. 나는 아무 생각 없이 문을 열어주려고 현관에 갔다. 아빠는 문을 열려는 날 막았다. 조용히 날 거실 구석으로 데려와 앉혀두고 현관문을 열었다. 구석에서는 현관이 잘 보이지 않아 고개를 기웃거렸다. 두세 명의 아저씨들이 아빠와 나가는 것이 보였다. 그렇게 엄마가 올 때까지 나는 집에 혼자 있었다. 엄마는 평소보다 일찍 집에 들어왔다. 허겁지겁 달려왔는지 당황스러운 표정으로 나를 안고 집 밖으로 나왔다. 급하게 어딘가로 전화하는 것처럼 보였으나 졸린 눈을 비비고 있어 잘 보이진 않았다. 시간이 얼마나 지났을까. 엄마가 날 급하게 깨웠다. 시곗바늘은 10시를 가리키고 있었다. 처음 보는 어른이 나에게 사탕을 쥐어줬다. 사탕 하나를 손에 꽉 쥐고 주변을 살폈다. 처음 보는 어른들 사이에 엄마가 보였다. 울고 싶은 심정이었다. 처음 보는 곳에서 처음 보는 어른들이랑 같이 있는 게 나에게는 너무 벅찼다. 그래도 울지 않고 사탕을 받아 기쁜 척했다. 그래야 부모님이 싸우지 않겠지. 속으로 계속 되새겼다. 그리고 얼마 안 되서 여기가 경찰서라는 걸 알았다. 짧은 여름방학은 쉬기도 전에 끝났다. 개학 첫 주까지는 평소처럼 친구들과 놀았다. 오랫동안 놀고 집에 가니 TV에서 어제 갔던 경찰서와 아빠처럼 보이는 사람이 나왔고 살인이라는 뉴스가 나왔다. 얼마 전 시끄럽던 빌라 살인사건이 사실 아빠가 죽였다고 보도되고 있었다. 처음에는 이해하지 못했다. 두 번째 봤을 때는 부정하였고 세 번째 볼 때는 학교 아이들이 날 피했으며 네 번째로 그 뉴스가 내 귀에 들렸을 땐 다시 경찰서에 와있었다. 그때 봤다. 지금 내 멱살을 잡고 흔드는 여성을, 빌라에서 죽은 피해자의 어머니를. 지금이야 밖에 돌아다닐 정도가 됐었지. 그때는 나는 그게 사람인 줄 몰랐다. 검은색으로 엉망진창 색칠된 괴물로 보였다.

　'일부러 어른들이 내 시야를 가린 것도 있었지만 사

람이라고는 생각할 수 없을 정도로 망가졌으니까. 지금 내 앞에 있는 것처럼. 그때도 끝까지 웃고 있었던가. 그 뒤로 아빠 피가 섞인 날 끔찍하게 보는 어머니와 살인자 자식이라며 동네에서 욕먹고 다녔던가. 아는 사람 피해서 멀리 떨어진 이곳으로 왔는데 여기서도 소문이 퍼질 줄 몰랐지. 그렇게 거기에서 먹던 욕 여기서도 먹으면서 살았지.'

기억 속을 헤매다가 정신 차려보니 머리가 터질 듯 아팠다. 여자가 내 위에 올라타서 몸을 있는 힘껏 누르고 있었다. 언제부터 목을 조르는지 알아차리지 못했다. 넘어진 순간부터 천천히 숨통이 조여 오는 느낌은 들었으나 착각인 줄 알았다. 정신을 차리려고 목을 누르는 여성의 손을 치우려 발버둥을 쳤다. 발버둥 치며 보이는 건 아직도 얼어붙어 있는 사장님과 아까 보지 못했던, 여성의 목에 묶여있던 자국이 눈에 들어왔다.

"죽어! 죽으라고. 죽어버려!"

눈앞이 검게 물들어 갔다. 이 상태로 죽어버리면 슬퍼해 줄 사람은 있나, 생각하던 중 갑자기 시야가 돌아왔다. 폐는 막혔던 숨을 받아들이느라 바쁘게 움직였다. 세상이 한 바퀴 도는 느낌이다. 속에서 올라오는 것을 애써 누르며 지금 상황을 이해하려 머리를 굴렸다. 나는 카페에 넘어져 있고 사장님은 나를 일으키고 있고 여자는 검은 코트의 남성에게 제압당하고 있다. 여성의 손은 누더기처럼 너덜너덜해져 있었다. 푸석해 보이는 손등에는 긁힌 흔적이 보였고 사이사이에 피가 흘렀다.

"놔! 놓으라고!"

눈물이 앞을 가려 잘 보이지는 않았지만 내 손끝에는 여성의 피와 내 피가 섞여 있었다. 남자는 아무 말 없이 발버둥 치는 여자를 뒷문으로 데리고 나갔다. 다시 찻집이 침묵 속에 잠겼다. 마치 아무 일도 일어나지 않은 것처럼. 사람들에게 비난받는 것은 익숙하다고 생각했는데 내 생각보다 나는 나약했다. 겨우 한 사람의 분노에 이렇게까지 망가지고 밑바닥으로 처박힐 줄은 몰랐다. 마지막으로 보인 여자는 어렸을 때처럼 검은색으로 뒤덮여 있었다. 귀 뒤가 가려웠다, 귀를 뜯어내고 싶다. 여자에게서 들은 원망, 경멸, 저주, 증오 등을 없애버리고 싶다. 귀를 뜯어내면 들었던 것이 모두 사라질까 싶은 마음에 귀 뒤쪽을 손톱으로 파고들며 긁었다. 아프다는 느낌조차 들지 않는다. 손끝에서부터 손바닥, 팔까지 미지근한 액체가 흘러내린다. 바닥에 피가 떨어지자 사장님이 내 팔을 누르고 귀에 수건을 대줬다.

"진정해요."

사장님은 물수건으로 피가 묻은 곳을 닦아주었다. 피딱지가 지어 잘 닦이진 않았다.

"오늘은 이만 집에 가시는 게 어떨까요?"

그 뒤로는 머릿속에서 먹물을 뿌린 듯 기억이 없었다. 정신을 차렸을 땐 침대에 누워 귀 뒤를 만지작거리고 있었다. 귀 뒤에는 거즈와 밴드로 상처가 치료되어 있었다. 언제 누가 했는지도 기억이 안 난다. 요즘 들어 자주 까먹는 기분이 들긴 했으나 이 정도로 적나라하게 나지는 않았는데. 이러다 전부 까먹어버리면 어떡하나 불안이 휩쓸려온다. 불안을 달래려 눈을 감아 보지만 얼마 안 가 낮에 있었던 기억이 파도처럼 휩쓸려온다. 악몽을 꾼 것처럼 눈이 떠졌다. 숨을 크게 들이쉬며 꿈인 걸 인지했다. 식은땀으로 온몸이 전부 축축해져 있었다. 코에서 검붉은 액체가 떨어졌다. 그날 이후부터 나는 며칠 동안 잠을 못 잤다. 눈을 감으면 그 여자가 떠오르고 자지 않기 위해 허벅지를 꼬집으며 날을 샜다. 그 여자와 관련된 모든 것을 멀리했다. 그래서 찻집도 그날 이후 가지 않았다. 가면 위로라도 받을 수 있을지 모르겠지만 내가 살인자의 딸이라는 것을 모르던 사장님도 결국 다 알아버렸으니까. 거기 가서 눈칫밥 먹으면서 있을 이유가 없다. 하루는 버틸 만했다. 하루 정도 자지 않아도 살 수 있었다. 2일 차에는 편의점에서 에너지 드링크 한 잔을 사 와 마셨다. 3일 차에는 머리가 멍해졌다. 에너지 드링크를 마셔도 자꾸 눈이 감겼다. 허벅지를 꼬집고 볼펜 같은 필기구로 찌르며 버텼다. 4일 차에 때는 멍한 채 길을 가다가 차에 치일 뻔했다. 이제 에너지 드링크를 마셔도 허벅지를 꼬집어도 눈이 감긴다. 눈을 감아봤자 10분 단위로 깨면서 제대로 된 잠을 잘 수가 없었다. 병원에 갈까 생각도 해봤지만 다른 사람한테 들키기 싫어 그냥 두었다. 5일 차가 되자 거의 죽을 거 같다. 걸을 때마다 속이 울렁거리고 음식 냄새만 맡아도 토할 것 같았다. 도저히 일상

생활이 불가능하다.

'그럼 차라리 죽자. 몇 번 번복했으면 됐지.'

저번과 같은 일이 다시 일어나지 않으리라는 장담도 없다. 잠을 안 자서 제정신이 아닌 것도 맞지만 그저 원인을 없애버리자는 생각이 머리를 지배했다.

'집에서 목을 걸고……. 유서 따윈 없이.'

나는 결국 그 여자의 바람대로 죽을 것이다.

'내가 죽음으로써 세상 사람 중 하나에 도움이 된다면 꽤나 괜찮은 값 아닌가.'

익숙한 풍경들이 보였다. 넝쿨로 덮인 벽과 있어도 되나 싶은 한자가 새겨진 간판이 걸린 이곳에.

'내가 진짜 미쳤지. 여기가 어디라고 기어와.'

다시 돌아가려는데 안쪽에 있던 사장님과 눈이 마주쳤다. 사장님은 날 보고 들어오라는 손짓을 했다. 여기서 집으로 걸어가기도 힘들고 눈이 마주친 이상 무시할 수도 없어 결국 나는 찻집에 들어갔다. 찻집은 사장님을 제외하곤 아무도 없었다. 사장님은 아무 말 없이 내 앞에 찻잔을 놔 주었다. 지겨운 침묵을 깬 건 나였다.

"제가 여기 와있어도 될까요."

사장님은 크고 작은 당황 없이 대답했다.

"당연하죠."

"사장님은 당황 안 하시네요."

"무엇을요?"

"제가. 그……. 살인자의 딸이라는 거요. 보통 다들 알고 나면 기겁하면서 도망가던데."

"직접 죽이셨나요?"

나는 사장님의 질문에 오히려 당황했다.

'직접 죽였냐고.'

"아니요."

사장님은 당연하다는 듯

"그럼 죽이는 걸 도우셨나요?"

"……아니요."

"그럼 당신이 눈치 보거나 죄송할 필요가 있나요?"

처음 들어봤다. 눈치 보거나 죄송할 필요가 있었다. 나를 보면 눈살부터 찌푸리는 이웃이 있고 살인자의 자식이라는 이유로 학교에서 괴롭힘을 당하고 친하다고 생각했던 친구마저 경멸스럽게 피했다. 마치 살아 숨 쉬는 게 죄라는 생각을 당연시했다. 하나뿐이라고 생각했던 가족한테조차 내쳐지니 그것이 옳다고 알고 있었다. 영화나 드라마를 보면서 기뻐서 흘리는 눈물이 이해가 안 됐다. 근데 막상 당하니 무슨 생각이었는지 조금은 알 수도 있겠다.

"당신이 일부러 피하고 지낼 필요는 없어요. 그 사람들 때문에 힘들어할 이유도, 죽을 이유도 없고."

"제가 죽으려던 건 어떻게……."

"죽기 직전 사람의 얼굴을 하고 계시기에."

감추고 싶은 속내가 드러난 것처럼 부끄러웠다.

"결국 사람은 잊고 싶은 날, 행복했던 날 같은 것들을 끌어안고 사는 거예요. 그렇게 안고 살아갔던 사람들의 이야기라도 들려드릴까 하는데."

"근데 그런 거 듣는다고……."

"일단 들어보실래요?"

"아……. 네."

그러자 사장님은 내 대답을 듣기도 전에 가게 안쪽에서 포스트잇과 여러 물건이 가득한 상자를 들고 왔다. 거기서 뒤적거리더니 종이학 하나와 포스트잇을 꺼냈다.

"음……. 이분은. 아! 여기 오실 때까지 집에서만 생활하신 분인데요. 집에서만 생활한 이유가 학교에서 괴롭힘을 당했다고 들었었어요."

나와 비슷해 보여서 있지 않았던 관심이 생겼다.

"그분은 잘 이겨내셨나요?"

"그분이 웹 개발 쪽 프리랜서셨는데. 제가 기억하기로는 이겨내지 못해서 그렇게 생활하신 걸로 알아요. 아침 푸른 하늘을 보며 등교하고 붉은색 노을 진 하늘을 보며 집에 돌아오는 것을 좋아했는데 그걸 한 번만 더 해보고 싶었다고 했었어요. 그게 너무 후회된다고 하셨어요. 생각보다 많이 하찮죠?"

"아뇨? 하찮다고 생각은……."

"살면서 후회만큼 지독한 것은 없어. 당신은 후회할 날들이 없었으면 좋겠어. 후회보다는 인생이 아픈 게 낫더라. 적어도 나한테는 그랬어. 아픈 기억을 안고 살아가는 게 좋지는 않지만 그래도 그렇게까지 나쁘진 않아."

"저한테 이런 이야기를 들려주시는 이유가 뭔가요. 그리고 전에도 자꾸 사연 있으신 분들 옆에 붙여 놓으시던 것 같은데…….”

"맨날 죽을 거 같은 얼굴로 찾아와서요."

"그런 얘기 아무도 안 하던데."

"제가 그런 걸 빨리 알아차리는 편이라고 해두죠."

웃으며 넘긴 사장님은 다시 상자 안에 손을 넣으셨다. 하늘색 포스트잇과 붉은색으로 묶여있는 매듭이 눈에 들어왔다.

"이건 뭐예요?"

"아. 그건. 좀."

"네?"

"어떤 사람들은 그것이 진짜가 아니더라도 진짜처럼 살아왔으면 결국 진짜가 된다고 믿는 사람들이 있대요."

"말이 안 되지 않아요? 결국 가짜잖아요."

"그렇게 느끼실 수도 있는데 이분은 그렇게 사셨고 마지막까지 그러셨던 분이에요. 저도 아직까지 이해가 안 돼요."

"세상에는 참……. 다양한 생각을 사람이 많네요."

"사람 수만큼 그들의 삶이 있고 그들의 생각이 있는

거니까요."

아직도 풀리지 않는 의문이 있다.

"그럼 저한테 이런 이야기를 계속하시는 이유가 뭔데요?"

"제가 이렇게 많은 사람들의 이야기를 들으면서 다른 사람들의 생각도 듣고 싶었거든요. 어쩌면 당신도 그러지 않을까 해서."

"그래서 차리신 거예요? 찻집."

"그런 것도 있고 여러 사정이 얽혀서 지금 이렇게 있는 거죠."

사장님은 계속 상자에 아무것도 남지 않을 때까지 나에게 여러 이야기를 들려주었다. 처음에는 그다지 관심이 안 갔는데 어느 슬픈 영화보다 행복한 소설보다 더 재밌게 들리기 시작했다. 청춘을 바쳐 다시 원하는 것을 하는 이야기도 있었고 자신의 꿈을 최선을 다해 사랑한 이는 경이로운 이야기였다. 아파도 행복하게 살아가는 사람이 있고, 끔찍한 기억을 원동력 삼아 나아가던 사람도 있었다.

'나도 그런 사람들처럼 살아갈 수 있을까.'

많은 이야기는 아니었으나 시간이 훌쩍 가버렸다. 창밖 하늘이 붉게 물들어 갈 즈음 상자가 바닥을 보였다. 마지막에 남은 것은 파란색과 하늘색이 섞인 모래가 들어있는 작은 유리병이었다. 다른 포스트잇 같은 건 없었다. 사장님은 머뭇거리다가 입을 뗐다.

"오늘이 저희 찻집 마지막 날이에요."

"네?"

나는 순간 내 귀가 잘못된 줄 알았다.

"마지막이요? 그럼 내일은 안 하신다는."

"네. 그래서 보여드린 거예요. 상자. 당신의 이야기도 전부 듣고 싶었는데 들어보지 못해서 아쉽네요."

아쉬움이 절로 묻어났다. 아쉬워서 괜히 찻잔을 만지작거렸다. 사장님은 그런 나를 보며 색 모래가 들어있는 유리병을 나에게 주었다.

"이건 당신에게 드릴게요. 또 인연이 있다면 만나겠죠. 지금까지 저희 '명연'을 찾아 주셔서 감사합니다. 당신의 혼이 연에 닿기를 바라요."

정중하게 인사하는 사장님을 향해 고개를 숙이고 찻집의 문을 열었다. 그렇게 나는 손에 유리병만 든 채 찻집을 나왔다.

'뭔가 위로받은 느낌이 들기는 한데. 뭐가 바뀌었는지 모르겠네.'

문득 그런 터무니없는 발상이 떠올랐다.

'나도 저런 경험을 할 수 있을까. 설마……. 되겠어?'

가까운 미래조차 잘 생각 안 하던 나에게 머나먼 미래를 떠올리게 했다. 찻집에서 받은 좋은 영향이라고 믿고 있다.

그리고 나는 얼마 안 가 잊어버렸다.

그로부터 13년 정도가 지났다. 학교생활은 비슷하게 흘러갔지만 받아들이는 심정이 다르니 생각보다 나쁘지 않게 흘러갔다. 원래도 공부는 못했는지라 내 성적으로 갈만한 대학에 갔다. 거기서는 딱 공부만 하다가 졸업했고 생각보다 금방 취업을 해서 살고 있었다. 그리고 얼마 전 사직서를 제출하고 나왔다. 적당히 일하고 이직 하려고 했는데 한 달쯤 놀고 싶어서 예정보다 일찍 나왔다. 모아둔 돈도 있고 그걸로 잘하면 한 달은

거뜬히 놀고먹을 수 있다. 평일 이 시간대 전철에는 사람이 없어서 앉아서 갈 수 있었다. 퇴사하고 나서 계획은 없었다. 혼자 이곳저곳 돌아다니긴 했으나 내 취향과는 맞지 않았다.

'오랜만에 거기나 가볼까.'

내가 바뀌었던 곳이자 썩 좋지만은 않은 곳. 사낙시였다.

막상 도착하니 갈 곳이 마땅히 없다. 딱히 크게 기억나는 것은 없었지만 그래도 기억을 더듬으며 걸었다.

'강가에 산책로가 있었던 거 같은데.'

산책로를 따라 상류에서부터 하류로 내려가니 기억보다 길게 뻗어 있었다. 천천히 산책로를 걸었다. 어느 곳에는 겨울의 흔적이 남아있었고 어느 곳은 봄이 피어나기 나는 것이 이질적인 풍경이었다.

'예전에 여기 걷다가 어디 들어가지 않았나? 기억 못 하는 거 보면 중요한 건 아니겠지.'

어느새 작은 다리 앞까지 왔다.

'중학교 때 찾아왔었는데. 그때는 공사 중이었지.'

다리 위에서 붉게 물들어 가는 하늘을 보며 추억을

감상하였다. 추억이라고 해봤자 얻어맞은 기억밖에 없긴 하지만 지금 시점에서 보면 그것도 나름대로 추억이라고 부를 수 있지 않을까 싶었다. 그때 기억이 온전하지는 않지만 그래도 큰 심경의 변화가 있었던 것 같다. 그 원인이 무엇인지는 까먹었지만.

'집에나 갈까.'

그 시절 그토록 지겹고 끔찍했던 집은 내 기억과 똑같이 멀쩡했다. 집을 나올 때는 무너져버리는 편이 더 좋다고 생각했지만 지금은 아무렇지 않다. 가는 길마다 새록새록 기억이 떠오르지만 중요한 것을 잊어버린 기분이 들었다. 먼지가 소복이 쌓인 책상을 뒤져봤다. 먼지를 그대로 두기에는 너무 더러워서 한차례 닦았다. 오래된 문제집, 영단어가 적힌 포스트잇, 그리고 서랍 안쪽 깊숙이에서 굴러다니던 색 모래 유리병 모두 그 시절이 남아있는 물건들이었다.

'응?'
'색 모래? 이게 뭐지?'
어디에서 얻었는지 도저히 기억나지 않는다. 학교에

서 이런 걸 받았을 리가 없다. 그렇다고 선물을 주고받을 친구가 있던 것도 아니었다. 혹시 몰라 전등에 출처를 알 수 없는 색 모래 유리병을 비추었지만 그냥 모래였다. 책상 앞에 앉아 색 모래를 이리저리 굴렸다. 내 기억에 먹물처럼 칠해진 부분이 있다.

'내 예상으로는 아마 그때 받은 거 같은데.'

머리를 싸매어 고민을 해봐도 도저히 답이 안 떠올랐다.

"아! 걔인가?"

먹물로 칠해진 부분에서도 어렴풋이 기억나는 게 있다.

'이 동네로 이사 온 애랑 잠깐 친해지지 않았나? 그때 멀어진 이유가…….'

그 애가 어느 순간부터 날 경멸했다.

'그때 그런 이유라면 그거 때문이겠지.'

그때의 나는 어렸고 어리숙했으며 어떻게 대처해야 할지 몰랐다. 다시 생각해 봐도 나는 미련했다. 겨우 친구 하나로 그렇게까지 할 필요는 없었다. 그럼에도 상처를 받은 건.

'그런 또래가 익숙지 않아서인가. 근데 그때 무슨 생각으로 걔랑 친해졌지? 내가 아무리 생각이 없어도 예상을 못 했을 리가.'

사는 데 지장이 없을 거라고 생각해서 이때껏 찾으려고 시도조차 안 한 기억을 찾기로 결심했다. 그저 단순한 호기심이었다.

집을 오래 떠나 있었더니 잠자리가 불편해서 늦게까지 잠을 자지 못했다. 찌뿌둥한 몸을 기지개로 달랬다. 아침은 가볍게 식빵 하나. 오늘부터 기억을 찾는다. 계획 따윈 없다. 어제 결심했으니 그저 실행에 옮기는 것뿐이다. 예전에 내가 자주 다니던 곳 위주로 돌아다녔다. 학교, 집 주변 공원, 장 보러 다녔던 마트 그리고 하나가 더 있던 것 같다. 지금 당장 기억나는 것은 저것들밖에 없다. 천천히 기억나던 장소들에 갔다. 제일 가까운 집 주변 공원은 사라져 있다. 공원이었던 자리는 다른 건물이 차지하고 있다. 자주 왔지만 단지 그것뿐이라 아쉽지 않다. 다음으로는 마트에 갔다. 그저 동네 마트였다. 크지도 슈퍼만큼 작지도 않은 그런 마트. 여기 와도 딱히 감흥이 없다. 이제 남은 곳은 학교밖에 없는데 시기상으로는 중학교에 다녔을 적이다. 오랜만에 온 학교는 시설이 전부 바뀌어있다.

'나 때는 이런 거 없었는데.'

학생들의 하교가 끝난 시간대에 교무실을 찾아갔다. 빈손으로 가면 안 될 것 같아서 음료 박스를 사서 방문했다. 도착한 교무실은 전부 처음 보는 얼굴만 있지는 않다. 나는 분명 저런 얼굴을 본 적이 없는데 날 어떻게 알아봤는지 모르겠다.

"저기 현시운 맞아?"

"아……. 네. 제가 현시운입니다. 누구신지?"

"그……. 나야. 못 알아보려나? 나 김여은인데……."

'김여은? 걔가 누구지?'

"만난 지 꽤 됐으니까. 못 알아보는 게 당연해."

"아. 혹시 너 우리 집에 놀러 온 적 있니?"

"어! 맞아!"

"아. 네가 걔구나. 미안. 못 알아봤네."

'아. 그 경멸하던.'

"혹시 담임선생님 찾아온 거야? 그분은 은퇴하셨는데."

"아니. 그냥. 오랜만에 여기 와서 한 번 찾아왔어."

"그렇구나. 학교 구경할래?"

"그래."

학교를 구경하면서 동창들의 여러 근황을 알려주었다. 그래 봤자 내가 기억하는 애는 없어서 누굴 말하는지 몰랐다. 몇 곳은 못 알아볼 정도로 바뀌었고 몇 곳은 좋지 않은 기억과 똑같았다. 별로 흥미가 없는 게 느껴졌는지 서로의 근황을 묻고 있다.

"네가 선생님이 될 줄 몰랐어."

"나도 내가 이렇게 될 줄 몰랐어. 시운이 너는 잘 살고 있는 거 같아 보여서 다행이야."

"응. 그래."

"사실 크고 나서 너한테 그랬던 게 후회되거든. 그때는 내가 정말 미안했어. 미안해."

사과를 직접적으로 한 애는 얘가 두 번째였다. 첫 번째는 나한테 물건을 던지며 조롱하던 애였는데 그 애는 나를 찾아와서 빌었다. 자기가 곧 결혼하는데 제발 그때 일은 퍼트리지 말아 달라고 빌었던 것 같다. 그런 거에 연연하지 않았기에 흔쾌히 수락했다. 그러다 그 애는 다행이라는 표정을 지으며 재빠르게 도망갔다. 걔가 괴롭힌 애가 나만 있는 게 아니었다. 고등학교에 들어가서도 한 명을 지속적으로 괴롭혔다고 들었다. 그래서 피해자가 결혼할 때 퍼뜨린다는 걸 힘들게 말려서 괴롭혔던 애들 찾아서 사과한다나.

'이런. 사람을 앞에 두고 쓸데없는 생각을.'

내 눈치를 보며 머뭇거리는 여은이가 보였다.

"괜찮아. 그때는 나도 어렸고 지금은 그런 거 신경 안 써."

"응……. 그래도 사과하고 싶었어. 물론 사과해서 내가 한 짓이 사라지지는 않지만……."

"내가 물어볼 게 하나 있는데."

"뭔데?"

주머니 속에 넣어 놨던 색 모래 유리병을 꺼내서 보여 주었다.

"이거 네가 준 거야?"

"아니. 이건 처음 보는데."

"그래? 알겠어."

그 뒤로도 계속 대화를 나누었지만 별다른 소득은

없었다.

'그럼 도대체 누가 준 걸까.'

학교를 나와서 걷다 보니 또 다리 근처로 왔다.

'자꾸 여기로 오는 거 보면 여기 근처가 맞는 거 같은데. 정확히 어딘지 모르겠네.'

그래서 그냥 느낌이 끌리는 대로 걸었다. 걷고 걷다 보니 오래되어 보이는 건물을 발견했다. 벽이 초록빛을 내뿜는 넝쿨 식물로 채워져 있고 넝쿨 사이에 붉은 벽돌이 보인다. 왠지 은은한 등꽃향이 맴돌아야 할 것 같은 기분이 들었다.

'내 찾아 헤매던 기억이 이곳인가.'

창문으로 내부를 들여다 보니 그냥 빈 건물이었다. 내가 기억을 찾기 위해 다녔던 여정이 막을 내렸다. 여기에 들어가 볼 수도 없고 들어간다 해도 찾을 수 있다는 확신이 없었다. 주변 공기가 싸늘해져서 집에 돌아가려고 뒤를 돌자 검은색 덩어리가 있었다. 갑자기 보이는 덩어리에 비명을 지르자 덩어리도 흠칫했다. 경황없이 놀라서 덩어리로 봤는데 알고 보니 사람이었다. 추운 날씨가 아님에도 두껍고 검은 코트를 입고 있는 남자. 다행히 사람이었다. 머리부터 발끝까지 검은 색으로 입고 있어서 검은 덩어리인 줄 알았다. 남자는 날 보더니 작게 중얼거렸다.

"진짜였군."

"네?"

"너 날 기억하나?"

"네? 처음 보는데요?"

'다짜고짜 반말이야?'

"그럼 여긴 어떻게 왔지?"

"걸어서요."

'이 남자 뭐지? 사이비인가? 요새는 이런 사이비도 있네.'

"그럼 여길 어떻게……."

그러다 문득 생각 난 듯 나에게 물었다.

"혹시 푸른 색 모래를 가지고 있나?"

나는 순순히 남자에게 색 모래가 담긴 유리병을 보여주었다. 모래를 본 남자는 어이없어했다.

"끝까지…… 내기에서 졌군."

"내기요?"

"그런 게 있어. 아무튼 결국 네가 여기에 오는 건 운명에 적혀있는 일이라는 거군."

"운명? 혹시 사이비이신가요?"

사이비라는 소리를 듣고 남자는 기분이 상해 보였다.

"사이비? 내가? 이런 질문은 걔 말고는 들어본 적 없는데. 너는 내가 생각하는 사람이 맞나보군."

'갑자기 혼자 뭐라는 거야. 사이비면 사이비인거지.'

"기억을 못 하니 설명을 해주겠다."

나는 먹물로 칠해져 비어 있던 기억을 들었다. 이 건물이 찻집이었고, 지금은 비어 있으며 내가 어떻게 오게 되었는지. 근데 들으면서 이상한 점이 있다. 이 남자가 서술하는 느낌이 바뀐다. 되게 부드럽게 흘러가다가 두세 번 정도 서술이 남자의 말투처럼 바뀌었다. 마치 다른 사람이 전해준 말을 나에게 전하는 거 같았다.

"질문 있어요. 그때 이야기 다른 분한테 들으셨나요? 그래서 저한테 이렇게 전하는 거죠?"

"맞아. 이 이야기를 전한 건 이 찻집 전 주인이다."

"그분은 지금 어디 있어요?"

"먼 곳에."

'아. 돌아가셨나?'

그렇게 남은 이야기도 마저 들었다. 듣고 난 후에 머릿속의 먹물이 거의 지워졌다. 아직 사장님 얼굴이나 말투는 기억이 나지 않았다. 말끔히 덮어두었던 바람도 떠올랐는데.

'내가 그들의 이야기를. 내가 그들처럼. 사장님처럼 될 수 있을까?'

아직도 답은 같다.

'되겠어?'

'그래도 하면 되지 않을까? 마침 회사도 때려치웠는데.'


"그리고,"

"네?"

"전 주인이 이 얘기를 들으면 이걸 전해주라더군. 분명 서명한다면서."

남자가 내민 건 계약서였다. 찻집 건물 임대 계약과 노동계약이 섞여 있다.

'네?'

"그러셨다고요? 사장님이?"

내가 기억하는 사장님은 다정하고 상냥하고 언제나 웃으시던 분이었다.

'근데 이런 면도 있으셨나?'

"계약서를 읽어보면 알겠지만 의식주는 제공되고 찻집 뒤쪽에 주거 공간이 있다. 그리고 가게 주의 사항이나 특별 사항은 기밀이라서 계약 후에 알려줄 수 있고 넌 그냥 서명만 하면 된다."

"네……. 계약서에 그렇게 쓰여 있네요. 근데 급여는?"

"없다."

"네???? 급여가 없다고요?"

"계약서에 그렇게 쓰여 있지 않은가. 네 의식주 비용으로 다 나간다."

"이러면 누가 계약해요."

"네가."

"아니 진짜!"

"그러면서 서명은 이미 끝냈군."

"하하……. 어차피 이직하려고 했는데. 그럼 진짜 급

여는 없어요?"

"없다. 허나 네가 원하는 물건은 구해다 줄 수 있지."

"요트 같은 거도 돼요?"

"되긴 하다만 어차피 못 쓸 텐데?"

"네? 못 쓰다니요?"

"너는 찻집 밖으로 못 나간다. 나가봤자 여기 앞마당이겠지만."

밖에 못 나간다는 소리에 내 귀가 이상해진 줄 알았다.

"사기 계약!"

"계약서에 적혀있었다. 잘 보고 계약했어야지. 계약 기간은 2년. 그 뒤로 네가 재계약할지 안 할지는 네가 알아서 해. 이제부터 이 찻집의 주인은 너다."

'2년. 짧다면 짧고 길다면 긴 시간 동안 찻집에만 있어야 한다니.'

남자는 계약서를 검은 서류첩에 넣으며 절망하는 나를 지켜보았다.

"그리고 덧붙이자면 그 여자는 원래 그런 사람이다. 지금의 너는 다를지 모르겠지만."

......?

"네? 저랑 다르다고요? 당연한 거 아니에요?"

어이없이 묻는 날 보며 더 어이없어하며

"당연하다니? 네가 너랑 다른 게 왜 당연하지?"

이 찻집에 오면서 새로운 것을 많이 알아간다. 이런 걸 예상하지는 않았지만 말이다. 말도 안 되는 소리에 지끈거리는 머리를 부여잡는다.

"사장님이 왜 저예요?"

"정확히 하자면 다른 세계선의 너다."

내가 꿈을 꾸나 싶어 볼을 꼬집었지만 볼은 아팠다. 볼을 꼬집는 날 보고 남자는 이상한 사람 보는 듯 날 쳐다봤다.

결국 계약서 때문에 이 찻집에 갇혔다. 찻집을 받은 다음 날 난 내 기억과 남자의 기억으로 그때의 찻집을 재현했다. 재현하면서도 궁금한 점이 많았다. 남자는 누구이며 왜 늙지 않는 지, 찻집의 등꽃은 왜 지지 않는 지. 그때마다 남자에게 물어봤다. 들려온 대답은

"그야 나는 저승사자니까. 당연한 거다."

"네?"

"이것도 설명해 주어야 하나."

남자는 귀찮다는 듯 날 보며 설명했다.

"이곳은 일반 사람들이 다니는 곳이 아니다. 죽은 사람이나 오는 곳이지. 네가 살아있는 상태로 온 건 저승의 실책이다. 원래라면 네가 다리에서 죽고 찻집에 오는 건데."

남자는 머리가 아픈 듯 보였다.

"일이 꼬여버린 거지. 알고 보니 운명에 적힌 거고."

"운명?"

"그건 알 필요 없다. 그리고 등꽃이 지지 않는 건. 찻집은 영혼이 오가는 만큼 시간선이 꼬여있다. 그래서 다른 세계선도 만나는 거고. 너도 봤을 텐데? 첫날의 그 혼."

"그 엄청 얼마 안 된 책 아냐고 물어봤던?"

"그래. 그 혼은 30년쯤 뒤에 죽었던 혼이다. 이해 안 되는 거 맞으니까. 그냥 넘겨."

우리는 벽을 기억하던 색으로 칠하고 의자도 똑같은 것으로 배치했다. 남자에게 차를 우리는 법도 배웠다. 처음에는 찻주전자로 하나씩 했지만 너무 오래 걸리기도 하고 내가 너무 못해서 몇 개는 티백으로 대처했다.

"혹시 상자 구해다 주실 수 있어요?"

"상자? 그러지. 근데 그건 왜?"

"그냥 손님 물건 담아두는 용도?"

남자가 가져온 상자에 첫 물건으로 파란색과 하늘색이 섞인 모래가 들어있는 작은 유리병을 넣었다.

찻집을 연 첫날은 많이 복잡하고 모든 게 처음인지라 많이 꼬였지만. 말투와 행동, 옷차림은 내가 기억하는 사장님과 최대한 비슷하게 했다. 밝고 상냥하며 다정하고 쓸데없는 동작이 없이 깔끔한 걸음걸이, 손짓. 항상 긴팔 옷을 입었고 귀 뒤 흉터가 안 보이게 옆머리를 조금 남겨두고 머리를 땋았다. 필요 이상의 선은 넘지 않고 손님 자신의 이야기 집중할 수 있도록. 열심히 흉내 내 보니 얼추 비슷해졌다. 그렇게 하루, 이틀. 1년을 지나 계약이 끝나기 6개월쯤 남았다.

딸랑

입구에서 쭈뼛쭈뼛 들어오는 여자애가 보인다. 온몸에 상처가 있고 눈은 텅 비었으며 사람이 적은 지 살핀다.

'전 주인도 이런 느낌이었나?'

연민, 동정 등의 감정이 이상하게 섞였다. 내가 나에게 동정하는 것도 웃긴 일이다.

그때의 기억처럼 나는 차를 대접했고 여자애가 돌아가며 문이 닫혔다.

나는 닫힌 문을 보며 작게 중얼거렸다. 모든 손님에게 그랬듯

예전에 남자에게 물은 적이 있었지.

*"찻집 한자 뜻이 뭐예요?"*

*"목숨 명 인연 연. 인연이 닿는 혼이다. 결국 모든 곳은 인연이 닿아야 해. 그 인연은 혼에 묶여있고."*


"또 인연이 있다면 만나겠죠. 지금까지 저희 '명연'을 찾아 주셔서 감사합니다. 당신의 혼이 연에 닿기를 바라요."